LE TRIPODE

Littératures ■ Arts ■ Ovnis

LE TRIPODE

Littératures ■ Arts ■ Ovnis

ZIZI CABANE

DE LA MÊME AUTRICE

ROMANS

De pierre et d'os, Le Tripode, 2019
Par-delà nos corps, Le Tripode, 2019
Née contente à Oraibi, Le Tripode, 2017
L'Écorcobaliseur, Attila, 2008

CONTES

Élise sur les chemins, Le Tripode, 2021
Schasslamitt, Attila | L'Oie de Cravan, 2012

JEUNESSE

Le Roi de la lune, illustré par Donatien Mary,
Éditions 2024, 2019

POÉSIE

*Wendy Ratherfigh*t, L'Oie de Cravan, 2014
Nanoushkaïa, L'Oie de Cravan, 2009

RÉCIT

Oraison bleue, « Récits d'objets »,
Musée des Confluences/Cambourakis, 2022

Illustrations de couverture d'Astrid Jourdain

Bérengère Cournut

ZIZI CABANE

roman

LE TRIPODE

J'ai été la femme de Ferment
et la mère de trois enfants

Je m'appelais Odile, j'étais jeune
j'aimais rire et pleurer en même temps
J'avais parfois peur de la vie
et beaucoup, beaucoup d'envies

Puis il y a eu ce jour où je suis partie
Ce n'était pas volontaire
c'est venu comme un truc qui sort de terre

Ça avait la tête, la silhouette d'un poisson
ainsi que ses couleurs, ses reflets
ça filait dans le ruisseau du jardin –
parfois par bancs entiers
Je les voyais chaque matin –
je jure que je les voyais !
et qu'ils m'appelaient
un à un

Alors une nuit où il faisait chaud et clair
j'ai mis les pieds dans le ruisseau
J'ai descendu le cours d'eau

jusqu'à l'endroit où ils allaient
– c'était loin –

J'ai parcouru
beaucoup de terres et d'océans
mais ce devait être à la vitesse de la lumière
car au matin, j'étais de nouveau
près de Ferment et des enfants –
bien plus enveloppante qu'avant

Ils ne me voyaient plus
ou plutôt pas encore
car j'étais tressée d'or
Mais j'étais là
sous leur peau, sous leurs doigts
sous chacun de leurs pas –
et dans leur âme je crois

C'est ainsi qu'a commencé
le plus beau, le plus long des voyages
dont le mouvement tient
dans un nom
dans une mémoire…
le nom et la mémoire de
Zizi Cabane

FONDATIONS

1

Je me souviens de tout.

Je me souviens des plus infimes détails de la maison, depuis les irrégularités de la dalle au sous-sol jusqu'aux nœuds dans les poutres.

Je me souviens des joints du carrelage dans la cuisine, de la couche de graviers dans le cellier, des lucarnes en verre épais qui morcelaient le paysage dans le mur aveugle, à l'arrière.

Je me souviens aussi du vieux papier peint dans la niche à bois de la cheminée, du bruit de la chaudière qui se mettait en marche et des pans de liège qui se décollaient du mur de la salle de bains.

Je me souviens encore des portes vitrées de part et d'autre du couloir qui séparait la cuisine et la salle à manger, du verre coloré et plein de bulles qui déformait le visage hilare de mes frères.

Je me souviens de l'escalier qui menait aux combles, au casse-tête de nos trois chambres sous la charpente et d'une chute bénigne de ma mère.

L'escalier des combles formait alors un trou béant au milieu de l'espace qui n'était pas encore celui de nos chambres, mais l'endroit où mon père travaillait, travaillait, travaillait à se demander comment faire trois pièces sous une charpente où il aurait été si facile d'en faire deux. Et toute la journée, il répétait : « Quel casse-tête ! Mais quel casse-tête ! »

J'étais née trois ans auparavant, et je ne voulais plus dormir près de mes parents. Je ne voulais plus être cet animal qu'on distrait en agitant des mains marionnettes ou autour duquel on fait silence en espérant qu'il s'endorme enfin. Non, non : plus de lit à barreaux pour entraver mes mouvements, plus de secrets. Je voulais vivre au même niveau que les autres, prendre le risque de tomber en dormant, être libre de me lever la première, avant que le jour paraisse.

D'ailleurs, je savais sortir de cette prison nocturne. La première fois, je m'étais réceptionnée sur le crâne, et je me souviens encore du bruit que cela avait fait : assourdi, dans un frottement de cheveux et de moquette. Ça avait réveillé ma mère, qui avait jailli de son lit comme un coucou avant de me recoucher près d'elle, hululant comme une chouette et me frottant la tête. Dérangé dans son sommeil, mon père s'était assis sur le bord du matelas et m'avait regardée, en allumant sa première cigarette de la journée. Ma mère et moi avions toussé ; mon père s'était levé.

La deuxième fois, mieux cramponnée, j'avais réussi à sortir de ma cage sans me faire entendre. De là, j'étais allée seule dans la cuisine pour apaiser ma faim de loupiote. Le placard des bols étant hors d'atteinte, je m'étais servi des céréales dans la gamelle du chat. Un peu plus tard, quand ils se sont tous levés, ils ont cru que j'avais mangé la nourriture de Benji – alors que je n'avais fait qu'emprunter sa vaisselle. Ma mère avait l'air si horrifiée et mes frères riaient de si bon cœur que je n'avais pas cherché à les détromper. Mon père souriait dans sa barbe – décidé lui aussi à ne pas gâcher l'histoire de l'enfant dégourdie qui se lève tôt. J'en ai profité pour rappeler que j'étais grande, et que je ne voulais plus dormir avec mes parents.

Le soir même, mon père a installé mon lit dans la chambre du bas qu'occupaient déjà mes frères, en disant : « Allez, la nichée ! » Ma mère était légèrement anxieuse à l'idée de nous laisser tous les trois dans ce demi-sous-sol. « Et que veux-tu qu'il se passe ? a demandé mon père.

— Je ne sais pas… c'est la première fois… » a répondu ma mère.

Ma propre joie était contrariée par la structure du lit, dont je me sentais toujours captive. Alors, la nuit venue, j'ai voulu dévisser les barreaux. Comme chacun était coiffé d'une bille de laiton, immanquablement celle-ci tombait sur le parquet flottant. Au matin, les garçons se sont plaints. Mon père a dû scier trois barreaux pour me permettre de sortir librement et, les nuits qui ont suivi, j'ai hanté l'espace de mes frères, entre leurs deux lits.

Au bout d'une semaine, ils ont gémi : « On n'en peut plus ! » Nous étions trois, désormais, à réclamer quelque chose : Zizi Cabane exigeait un lit sans barreaux, Béguin voulait une chambre à lui pour ne plus l'entendre et Chiffon espérait un espace pour protéger les jeux que mon frère et moi passions notre temps à torpiller. Ma mère, quant à elle, abondait : « Oh oui ! un espace pour chacun. Et qu'aucun de mes enfants ne se trouve à l'étroit dans un demi-sous-sol. »

Et c'est à partir de ce jour que mon père s'est mis à aménager les combles de notre maison, pour mieux la remplir. L'idée était de nous mettre partout, sans séparer la sœur de ses deux frères. Sous les poutres en chêne, mon père répétait : « Quel casse-tête, mais quel casse-tête ! » Jusqu'à ce dimanche matin où ma mère est montée voir l'avancée des travaux. Prise du même vertige spéculatif que mon père, elle est tombée à la renverse dans l'escalier, en me tenant dans ses bras. Mon père a tout juste eu le temps de nous rattraper. Dès le lendemain, deux murs en plâtre étaient montés, une rambarde posée. Les trois chambres intriquées étaient nées, l'une englobant simplement l'escalier.

2

Il faut aussi que je raconte ce dont je ne me souviens pas. Je veux dire : les choses qui sont arrivées avant ma naissance et qui expliquent pourquoi nous habitons cette maison. Dire aussi d'où viennent les noms que nous portons.

Maman racontait souvent que papa et elle avaient grandi en ville, mais comme deux fleurs des champs. C'est-à-dire qu'ils n'avaient pas d'attaches, pas de racines dans le béton. Leurs propres parents venaient de la campagne et s'habituaient mal à la vie des banlieues ouvrières. Ils travaillaient beaucoup, s'accrochaient à des emplois et des usines qui finissaient toujours par licencier, recommençaient ailleurs – inlassablement. Si bien que mes parents ont habité avec eux toutes sortes de villes et de quartiers, toutes sortes d'immeubles et de cités. Certains offraient de petits jardinets, mais rien ne valait la campagne où on les envoyait durant l'été. Ma mère était recueillie dans un bocage près de la mer, tandis que mon père était expédié sur un plateau granitique, où il escaladait des amas de pierres grumeleuses. Il parle aussi de temps en temps d'une grande plaine où il allait à l'automne et au printemps, à travers laquelle il courait comme un lapin. Ma mère disait que cette grande plaine n'était rien, rien qu'un grand vide avant son bocage et ses falaises à elle, qui tombaient à pic dans une mer couleur de craie. Pour nous, tous ces paysages demeurent flous, car il ne reste presque rien de ces foyers où ils ont été bringuebalés – ni famille ni traces. Rien, sinon les récits qu'eux deux en faisaient, assez rarement.

Le premier souvenir commun, qu'ils convoquaient souvent, est celui de l'escalier d'une tour fraîchement montée. Ils avaient treize et seize ans, leurs parents venaient encore de déménager. La famille de mon père habitait au septième étage et celle de ma mère au neuvième, mais comme dans ces tours, les paliers desservaient des appartements à plusieurs niveaux, et que l'un devait monter et l'autre descendre une fois la porte d'entrée passée, ils s'étaient vite rendu compte qu'ils habitaient tous deux au huitième. Cela les faisait rire – et comme les murs étaient en carton, ils avaient rapidement compris que, des deux côtés, des petits frères et sœurs braillaient, sous le regard muet de parents fatigués. Pour mieux s'entendre, mieux se parler, mon père et ma mère ont commencé à se donner rendez-vous dans l'escalier. Au bout de quelques mois, les ascenseurs de la tour ont été mis en service, et cela leur a donné des ailes. Grâce à une trappe au-dessus de la machinerie, ils pouvaient accéder aux toits – et c'est là, désormais, qu'ils se retrouvaient. Au loin, par-delà les barres d'immeubles, s'étendait un horizon de collines et de forêts. Assez vite selon ma mère, mon père aurait dit : « Odile, un jour, c'est là-bas que je t'emmènerai. » Ma mère aurait répondu : « D'accord, Urbain. » Quelque temps plus tard, les ascenseurs sont tombés en panne, la mère de mon père est tombée dans le trou pour en avoir appelé un qui manquait. Un coma, sept opérations – mon père et sa famille ont déménagé dans une maison de plain-pied. Mais Urbain et Odile se connaissaient désormais, et n'ont plus cessé de se chercher, de se trouver – aussi de se perdre un peu parfois, et de se raccommoder.

Au bout de quelques années, ni la grande ville ni les petites cités ne leur convenaient plus. Alors un jour, ils ont décidé de se trouver un paysage à eux, et sont partis vers l'ouest, là où le soleil brille plus longtemps. Ni l'un ni l'autre n'avait jamais fréquenté les forêts ni les collines ; ils se sont dit : « En voilà, une nouvelle terre à conquérir ! » Oui, mais voilà : quelle colline choisir ? Plus ils descendaient le fleuve qui serpentait entre les reliefs, moins ils avaient de repères… Jusqu'à ce qu'ils tombent sur une ville dont le nom leur était familier : Sente-la-Jolie. Ma mère l'avait entendu souvent, car c'était l'endroit où une partie de sa famille avait péri sous les bombes pendant la guerre. « Drôle de critère », a tiqué mon père. Mais Odile a répondu : « On n'est pas obligés de s'installer là où c'est arrivé. On peut se mettre dans les parages ; ça me donnera l'impression de partager le pays des cousins. » Urbain ne craignait ni les fantômes ni la fantaisie d'Odile. Sur une colline proche de Sente-la-Jolie, il a trouvé une maison pas finie, dans un repli de terre, quatre murs en parpaings accrochés au flanc d'une colline tranquille, et faisant face à une autre colline, encore plus paisible. La vue, d'ici, était belle. Et c'est ainsi que mes parents ont acheté un arpent de terre dans le village de Laguerre.

Mon père a passé un an à mettre hors d'eau le bâti, puis une autre année à chasser les courants d'air. Peu de temps après, ils ont eu mon frère, qu'ils ont d'abord appelé Martin. Puis un matin, en regardant l'enfant dont ils ne se cachaient pas l'un l'autre être amoureux, ils se sont dit : « Martin, c'est le nom qu'on a choisi pour lui quand on ne le connaissait pas… Maintenant, c'est différent : on l'appellera Béguin. » Dans la foulée, mon père a renié son propre prénom : désormais, il n'était plus Urbain, mais Ferment – une trouvaille de maman, au creux de leurs nuits. Odile s'apprêtait aussi à changer de prénom, mais mon père a dit : « Ah non ! Odile, c'est trop doux – si tu y renonces, je deviens fou. »

Trois ans plus tard, mon autre frère est né – lui aussi a été baptisé, mais d'un nom qu'on a aussitôt oublié. Car au bout de quelques semaines, son amour des chiffons était tel – il lui en fallait partout, tout le temps, dans son couffin et dans son lit, en voiture et même au sein – que mes parents et notre frère l'ont appelé Chiffon. Pour moi, qui suis arrivée cinq ans plus tard, tout le monde avait retenu la leçon : pas de prénom auquel on ferait semblant de croire. Mon père et ma mère m'ont ramenée à la maison en m'appelant « bébé », puis ils ont attendu que ça vienne. En vérité, ça n'a pas tardé : au premier bain dans le lavabo de faïence, à hauteur d'yeux de Chiffon, mon frère a demandé : « Pourquoi il est cassé, le zizi de ma sœur ? » Maman est entrée en fureur. « Mais enfin, il n'est pas cassé ! Qu'est-ce que tu t'imagines, espèce d'enfant aveugle ? » Mon frère a dit : « Si, regarde, il est cassé… Il n'y a rien à tirer. » Mon père a ri, Odile a pris le temps d'expliquer : « Alors, les garçons. Vous avez, c'est vrai, un zizi qui peut viser, se dresser et s'affaisser dans un frisson… Pour vous flatter, appelons-le zizi totem. Mais les filles, voyez-vous, ont un zizi, elles aussi. Un zizi plus mystérieux… caché là, dans un pli, et que vous comprendrez un jour autrement qu'avec vos yeux. D'accord ? » Béguin ricanait un peu, mais Chiffon a dit d'un ton blasé : « Un zizi cabane, quoi… » Personne n'aurait trouvé mieux : ni plus vrai, ni plus joyeux. C'est ainsi que je suis devenue la première, la seule, la vraie : Zizi Cabane.

3

Cet ancien temps rétabli, et que l'on m'a raconté, je peux reprendre le fil de ce que, dans ma maison, avant, je trouvais beau. D'abord, il y avait ces fragments de ciel que mon père avait taillés dans la charpente. Deux lucarnes vers le sommet de la colline d'en face, qu'on appelait chiens assis – sans doute parce qu'il s'agissait de fenêtres assez sages, pointant leur nez pointu vers l'avant. Puis deux grands carreaux de plein ciel à l'arrière, qu'on appelait Pollux, sans doute en référence au chien moins sage et plus rectangulaire du *Manège enchanté*, qu'on regardait souvent à la télé. (Mes parents aimaient bien en réutiliser les noms – pour moi par exemple, qui sautais tout le temps, c'était Zébulon…)

Ma chambre étant la plus petite, je n'avais qu'un fragment de ciel, version lucarne. Béguin avait la plus grande pièce, avec une lucarne et un carreau plein ciel. Il ne restait à Chiffon que l'espèce de couloir éclairé par un plein ciel et donnant sur l'escalier. C'était un arrangement entre notre frère et lui : il se moquait de dormir dans la pièce la moins commode, du moment que, dans sa chambre à lui, Béguin lui cédait un placard assez vaste pour être habité – au moins de temps en temps. À la place de la penderie imaginée par mon père, Chiffon avait aménagé un genre de niche où il pouvait aussi mettre un oreiller. Notre frère passait là de longues heures à faire ses constructions, au milieu desquelles on le trouvait parfois endormi. Si personne ne le dérangeait, il en ressortait toujours heureux. Il se fichait que Béguin ou moi fassions du bruit autour, du moment que personne n'allait farfouiller dans ses secrets.

Et je ne sais pas pourquoi, mais moi qui ai toujours fouiné partout, je n'ai jamais eu envie de fouiller ses secrets. Chiffon était toujours doux, chantonnait souvent à mes oreilles, ne me disputait jamais rien. Ma chambre étant un peu sombre, mon père avait finalement percé une ouverture dans la cloison qui me séparait du couloir. Je bénéficiais ainsi d'un surcroît de lumière et me vantais d'être la seule à avoir une « fenêtre intérieure ». Chiffon avait accepté que les rideaux soient installés de mon côté et me laissait en jouer comme il me plaisait. Je pouvais apparaître à n'importe quel moment au-dessus de son lit, ouvrir ou fermer la fenêtre quelle que soit l'heure, jamais je ne semblais le déranger. S'il était fatigué, il se recouvrait la tête de chiffons et remontait sa couette ; s'il était réveillé, il faisait des grimaces pour m'amuser. Son lit étant installé sous une poutre, il faisait semblant de s'assommer à chaque fois que je le surprenais. Je riais alors aux éclats. « Zizi, couche-toi ! » criait mon père, depuis leur chambre collée au bas de l'escalier. Le chat voulant déambuler la nuit, nous laissions les portes entrouvertes – j'aimais cette partie de la maison, où toutes les pièces communiquaient.

Au rez-de-chaussée et au sous-sol, c'était une autre affaire. À cause du froid, nous fermions tout et, depuis que mes frères n'occupaient plus la chambre à demi enterrée, il y régnait une petite odeur d'humidité. Le grand atelier-garage où mon père bricolait la journée, la chaufferie où ma mère étendait le linge et repassait, ainsi que cette chambre qui n'était plus occupée que lorsque nous recevions de la visite, me semblaient animés d'une autre vie. Je n'en parlais à personne, mais je détestais qu'on m'envoie au cellier pendant le repas. J'avais toujours l'impression que quelque chose me suivait quand j'en remontais. Chaque fois que j'atteignais le haut de l'escalier, j'écrasais mon dos au mur, afin d'aplatir ce frisson.

Une fois seulement, j'en ai parlé à Béguin, qui m'avait vue faire. Contrairement à ce que je craignais, il ne s'était pas moqué – m'enveloppant simplement les épaules en repartant vers la salle à manger.

Aujourd'hui, je ne saurais pas dire si cette impression, cette présence invisible, était une illusion ou un pressentiment. En tout cas, juste après la disparition de maman, c'est bien par le bas que la maison a commencé à suinter.

O

Au début, je n'ai pas compris ce qui nous arrivait
Je ne savais plus qui j'étais
Je voyais du papier peint sous moi
un doigt d'enfant me cueillait puis m'avalait
et quelque chose disait :
« Je suis à nouveau elle, à nouveau lui ;
ils sont à nouveau moi »
mais je ne savais toujours pas qui j'étais –
ni comment j'étais arrivée là

Le papier peint finissait par se décoller
et je roulais sur du plâtre
Cette nuit-là, les enfants étaient trois
Ils avaient allumé une petite lampe

La plus jeune se dessinait sur le visage
des larmes blanchâtres qu'elle lapait en riant
Ses frères en faisaient autant
avec chacun de leurs doigts

4

Chère tantine, douce Jeanne,

Comme promis, je t'écris pour te raconter comment s'est passé notre retour à Laguerre. Ainsi que tu t'en doutais, nous n'avons pas réintégré la maison. Pendant notre absence, papa a aménagé le cabanon en bas du jardin, nous y dormons maintenant tous les quatre – tu sais, c'est un peu comme le bungalow où nous nous étions retrouvés, une fois, pour les vacances. Il est en train de construire une pièce attenante afin que nous ayons quand même une chambre, mais l'autre jour, quelqu'un lui a demandé depuis la rue ce qu'il faisait et il paraît que, depuis, la mairie lui fait des problèmes... Alors il continue de poser ses rangs de parpaings, tout en gueulant « J'emmerde le cadastre ! » chaque fois qu'un passant ralentit.

Malgré ses recherches, il dit qu'il ne comprend toujours pas d'où vient l'eau qui traverse la maison. Il a réussi à dévier le jaillissement pour lui faire rejoindre le ruisseau, mais avec le voisin du dessus, ils ont cherché partout : aucune source n'est censée passer par là. Celles du bois au-dessus de chez nous s'écoulent déjà dans le ruisseau, il n'y a pas de raison qu'une autre soit apparue ces derniers mois.

Ça ne serait pas si grave si cela ne menaçait pas les fondations : je suis allé voir tout à l'heure avec lui, et c'est vrai que l'eau charriée est blanche – comme si elle dissolvait le calcaire contenu dans le sol. Ferment a peur que ça finisse par creuser une marnière et provoquer un affaissement. Par ailleurs, des taches d'humidité sont apparues partout et, par endroits, le bois de la charpente commence à gonfler. Papa dit que nous pouvons continuer à vivre dans la maison en journée, mais il ne veut plus qu'on y dorme. Il dit que c'est temporaire, qu'il finira bien par trouver la solution, mais le moment, il continue de poser des rangs de parpaings à côté du cabanon.

À part ça, je suis content d'avoir retrouvé le collège et mes copains. Zizi a fait sa rentrée au CP sans problème – et, même s'il ne parle pas beaucoup, c'est une chance que Chiffon soit pour une année encore à l'école primaire. Maman aurait été fière de les voir partir tous les deux chaque matin. Je n'arrive pas à croire que ça fasse déjà plus d'un an qu'elle a disparu... J'espère que quand la fuite sera résolue, tu pourras revenir séjourner chez nous. Je crois que, quand tu es là, papa se fait moins de soucis.

Je t'embrasse,

Ton neveu, ton grand
Martin-Béguin

5

Moi, ça m'amuse assez, toute cette eau qui coule dans la maison. Quand on s'est aperçus de la fuite l'an dernier, maman était déjà partie depuis quelques semaines, plus personne n'allait dans la chambre d'en bas ou dans la chaufferie, et c'est seulement quand tante Jeanne est arrivée qu'on a découvert la grande tache d'humidité. Elle s'était formée sur le mur du fond, aux deux tiers sous terre, et avait décollé tout un pan de papier peint. Papa a dit : « Tu ne peux pas dormir là. » Tata est venue avec nous là-haut. Le lendemain, ce n'était plus seulement une tache : de l'eau perlait à plusieurs endroits. Une eau très pure, qui roulait avec régularité et que la moquette buvait paisiblement. Le lendemain encore, c'était un paisible filet d'eau.

Papa a arraché le papier peint, soulevé le parquet flottant, est allé trouver le voisin qui a un bassin à poissons dans son jardin, juste au-dessus de nous sur la colline… Aucune explication à cet écoulement soudain. Un plombier est venu – tous les tuyaux étaient en place. Le responsable des travaux publics de la commune est venu – pas d'aménagements récents ayant pu provoquer une rupture de canalisation. Même les pompiers se sont déplacés un matin – ils ont seulement pu aider à évacuer l'eau et à installer un drain en urgence, modifié quelques jours plus tard par l'ingénieur hydraulique du département. D'un coup, plein de monde nous rendait visite, la maison avait repris vie.

sang comme des vampires, mais je ne le crois pas. Elles s'accrochent parfois à ma main, mais semblent si fragiles qu'en réalité j'ai peur de les écraser en les chassant. Elles ne restent jamais bien longtemps.

Ces derniers temps, à cause des aménagements que papa et le voisin ont faits, le ruisseau a un peu changé. Un tuyau court désormais depuis le coin de la maison d'où s'écoule la nouvelle source jusqu'au mur surplombant notre rectangle à balançoire. Une pierre du mur a été ôtée pour accueillir le tuyau, et c'est maintenant un genre de cascade qui jaillit de là-haut. L'eau chute de cinq mètres, plutôt au début de notre portion de ruisseau. Ça en a légèrement élargi le cours, sans non plus changer le débit. La plupart du temps, c'est un tout petit jet qui s'échappe ainsi – on a l'impression que le mur fait pipi.

Tous les matins, papa vient vérifier la couleur de l'eau. Certains jours, elle est blanche, et il n'aime pas trop ça. Quand elle est claire et pas trop abondante, il la regarde plus distraitement. Même si au début, la présence de cette source l'a beaucoup inquiété, je crois qu'à présent, il s'y est habitué. Chiffon et moi adorons mettre nos mains dessous, quelle que soit sa couleur. Même s'il n'y a souvent qu'un mince filet, la hauteur depuis laquelle elle tombe nous frappe les paumes, et cela nous met en joie. Chiffon m'arrose avec, j'arrose Chiffon.

Et depuis quelques semaines, nous avons inventé un nouveau jeu. En recueillant à la source l'eau pour le potager quand papa nous demandait de l'aider, nous avons découvert le bruit qu'elle faisait en tombant dans l'arrosoir en plastique ou la bassine en fer. D'abord grave et sourd, puis de plus en plus aigu et cristallin à mesure que le récipient se remplit. En fouillant dans l'atelier, nous avons trouvé un vieux tonnelet de bois, qui rend encore un autre son. À partir de là, nous nous sommes lancés dans la construction d'un assemblage de récipients qui, attachés les uns aux autres, fonctionnent comme une série de moulins. Nous utilisons tout ce que nous trouvons : des pots en terre cerclés par du fil de fer, des pots de yaourt reliés par du fil à pêche, des boîtes à asticots capables de pleuvoir de très fines gouttes, des seaux à choucroute ou à fromage blanc percés comme des pommes de douche et même des bacs plats à ciment comme déversoirs ! L'autre jour, j'ai apporté un vieux bac à litière rongé au fond, mais là, Chiffon a dit non, quand même… C'est lui, surtout, qui assemble les différentes gamelles. Moi, je les collecte, je les lui propose l'une après l'autre, je surveille avec lui – et quand ça marche, j'applaudis. Quand ça ne marche pas – c'est souvent le cas – je l'encourage et je dis : « Il ne vaut rien, ce pot-là… »

Lorsqu'il rentre du collège, Béguin vient voir l'avancement des travaux. Il nous appelle « les artistes » et se moque gentiment des fuites et des ratés. Devant lui, Chiffon ne se décourage jamais. Il prend en compte ses remarques, réfléchit sérieusement au moyen d'améliorer notre mobile aquatique. Il va parfois chercher dans son placard-atelier de la grande chambre là-haut des genres de plans mystérieux, dont certains contiennent des lignes de calcul. Je ne sais pas si ça lui sert vraiment à quelque chose ou s'il fait ça pour impressionner Béguin. Notre grand frère finit généralement par se désintéresser des détails, et lance à Chiffon : « Tu pourrais quand même faire gaffe à ce que Zizi ne rentre pas trempée. »

7

Je viens de finir l'annexe en dur du cabanon. C'est la première fois depuis plus d'un an, depuis ta disparition, que je m'assois devant une table sans avoir envie de me prendre la tête entre les mains et de m'enfuir loin d'ici. Les enfants sont couchés dans la pièce d'à côté, chacun dans leur duvet – je les ai entendus rire tout à l'heure, et nom d'un chien, que c'était bon.

Je ne comprends toujours pas ce qui se passe dans cette foutue baraque, ni ce que nous fichons à présent en bas du jardin. La source continue de s'écouler, j'ai peur que la maison s'écroule un jour – et s'il devait arriver quelque chose aux enfants, je ne me le pardonnerais pas. Nous pourrions partir, bien sûr, mais j'ai cette conviction absurde que si un jour tu devais revenir, tu nous chercherais ici – et je ne veux pas risquer de te manquer.

L'enquête est toujours ouverte, mais les gendarmes ne font plus rien. L'adjudant m'a dit l'autre jour que ton cas allait rejoindre les centaines de disparitions annuelles dont les causes restent inexpliquées. Je vois dans son regard qu'il croit à la simple brouille conjugale avec abandon de foyer et d'enfants. Je ne peux me résoudre à une telle explication. Tu n'aurais jamais eu cette lâcheté.

Les derniers temps, tu faisais beaucoup de rêves, tu parlais en dormant, tu t'agitais. J'avais parfois du mal à te réveiller pour te calmer. Quand j'y arrivais, tu sortais pourtant de ce sommeil tout à fait sereine. « Oui, Ferment ? tu me disais. Est-ce que j'ai ronflé ? » Je n'ai jamais osé te demander à quoi tu rêvais. J'aurais dû. À présent que tu n'es plus là, je repense sans cesse à ces nuits agitées et je me collerais des baffes de n'avoir pas alors cherché à éclaircir ce mystère, à l'apaiser.

Après, les mystères, je n'en manque pas… À commencer par la source là-haut. D'où peut venir toute cette eau, bon Dieu ? Le débit n'a rien à voir avec la pluviométrie. Je viens de passer l'été à la combattre, à la contenir – et maintenant que l'automne est là, que les pluies augmentent, elle s'en tient à nouveau à un écoulement stable, régulier et tranquille. Cette eau ne peut tout de même pas venir d'une fonte des neiges en montagne ou fuir depuis les régions tropicales ! Ça me rend dingue… Tout le temps que les enfants étaient absents, en vacances chez ta sœur, je n'ai fait qu'éponger, creuser, dévier… La première semaine, c'est bien simple, je n'en voyais pas le bout. L'eau était sortie du drain, elle s'écoulait par la pente herbeuse – j'ai cru que tout ça allait finir en torrent de boue. Je ne pouvais plus monter la voiture, les picots de ciment étaient recouverts d'un mélange de terre et d'argile glissante. Même à pied avec mes bottes, je me cassais la gueule. Le père Dornier regardait ça depuis son potager desséché par la chaleur, il n'en revenait pas… Je n'osais demander d'aide à personne, car c'était tellement absurde que j'ai cru un moment que je devenais fou – que tout ça n'était qu'hallucinations. Heureusement, Christian, notre voisin du dessus, est venu me proposer son aide. Il voyait tout ça depuis chez lui, n'en revenait pas non plus. Tous les jours il vérifiait son bassin à poissons pour s'assurer que la fuite ne venait pas de là. Mais comme il a aussi un côté vieux paysan, au bout d'un moment, il m'a dit : « Ferment, faut pas chercher à comprendre, ni à contrarier la nature. L'eau veut couler ? Y a qu'à la laisser faire. On va lui aménager un lit. » Il a apporté des gouttières de zinc qui lui restaient, et on a creusé une large rigole. On a fait courir l'eau jusqu'à une cuve devant la maison, et on a recreusé une canalisation pour faire s'écouler l'eau dans le ruisseau. Le débit est resté important tout l'été, puis quand les enfants sont rentrés, ça s'est calmé. Depuis, je ne suis plus trop embêté avec ça. Je surveille juste la couleur de l'eau et le niveau de la cuve de sécurité – ça glougloute gentiment.

Mais les dégâts dans la maison m'inquiètent. Au moment où l'eau s'est répandue partout, l'humidité est montée dans les murs jusqu'aux pièces du premier étage. J'ai vu que même les poutres de la charpente avaient gonflé par endroits. Je préfère qu'on dorme au jardin encore quelque temps, en espérant que ça sèche.

Enfin, dernier mystère en date : une lettre arrivée par la poste ce matin, qui t'était adressée. Un type qui dit être ton père… Il ne manquait plus que ça. Je crois que c'est assez pour ce soir – je vais me coucher près des enfants. Il doit pleuvoir cette nuit, ça va être l'occasion de voir si l'étanchéité du double cabanon est bonne.

O

Je m'étais habituée à sentir leurs doigts partout sur les murs
Je m'étais habituée à leurs voix enfantines, à leurs silences
Alors quand tout ça a brusquement cessé
je ne me suis pas reconnue, je ne me suis pas retenue
C'était comme si je n'avais jamais été autre chose
qu'une énorme poche d'eau
Je n'étais plus que cette masse informe et translucide
capable de tout avaler, tout élargir
J'avais besoin de fuir, de ne plus contenir

Je suis sortie de moi – il faisait frais, il faisait jour
Je pouvais couler entre les graviers, caresser l'herbe et mouiller la terre
Je pouvais serpenter, dévaler, tout emporter – si je le voulais

Assez vite, j'ai entendu le vent
j'ai reconnu la voix puis les mains de Ferment
Elles m'ont reconduite dans mon corps-ruisseau
J'ai accepté cela
puis me suis mise à chanter – tout doucement
dans les rigoles, dans les chutes et les replats

8

C'est les vacances de la Toussaint – et comme par hasard, il pleut. Il pleut sans discontinuer depuis trois jours. Le cabanon prend l'eau, nous tannons Ferment pour passer plus de temps là-haut. Il accepte, à condition qu'on y mette tous du nôtre. Il a relancé le chauffage pour l'occasion, ouvrant un à un tous les radiateurs. Chaque fois que la chaudière vrombit, j'ai l'impression que la maison reprend vie. Même papa semble y croire. Une clé à molette dans la main, Béguin l'aide à purger les tuyaux. Il faut entendre comme ça claque là-dedans, combien il y a de soubresauts. Les suivant d'une pièce à l'autre, je laisse mes mains sur les bourrelets de fonte, jusqu'à ce que je n'y tienne plus. La peinture des radiateurs se ramollit sous mes doigts, je peux y enfoncer les ongles. « On va sécher les murs, avec ça ! » clame Béguin, plein d'assurance. Papa ne le contredit pas. Chiffon quant à lui passe pas mal de temps dans les placards – le sien, mais aussi tous ceux de la maison. Quand il en sort, c'est pour disposer des linges partout où subsistent des flaques, des taches d'humidité. On dirait que, chacun à notre façon, nous tâtons le désir qu'a la maison de nous récupérer.

Mais voici qu'au bout de quatre jours de ce travail, avec parfois un peu de vapeur ici ou là, la chaudière, d'un coup, s'essouffle. Nous descendons dans la chaufferie : au-dessus du gros brûleur orange, deux voyants sont allumés. L'un pour dire que la chaudière est sous tension, l'autre pour prévenir qu'elle s'est mise « en sécurité ».

Ferment peste, et fiche un coup de pied dans la cuve à fioul, juste derrière. Elle sonne aussi creux qu'un verre de lanterne. Coup de fil à Sentois Combustibles, la livraison ne pourra pas être assurée avant trois jours. Nous finissons la journée au cabanon – devant le réchaud à gaz qui siffle doucement.

Le lendemain, il ne pleut plus, mais la colline, on le sent, est gorgée d'eau. Il n'y a guère que notre source qui n'a pas changé son débit d'un iota. Elle coule toujours en un mince filet au-dessus du ruisseau. À l'intérieur de la maison, les radiateurs ont refroidi – mais les effets de la chauffe restent sensibles. Béguin dit : « Papa, on ne peut pas perdre ça. Je vais chercher du bois. » Chiffon et moi savons nous aussi où se trouvent les bûches, et en moins de deux minutes nous sommes tous les trois dehors, à monter la brouette vide vers l'arrière de la maison. C'est là que maman venait étendre le linge. À présent, les fils sont désertés, les deux montants font une tête de « sémaphores » abandonnés. (C'est Béguin qui prononce le mot… moi, je me souviens juste de ces grands trucs avec des bras qu'on avait vus en vacances – et je trouve aussi que ça y ressemble.) Le bois est entreposé sous un appentis étroit. Les bûches du haut sont sèches, mais celles du bas sont spongieuses. « Nous sommes juste au-dessus de l'endroit où la source s'introduit chez nous », remarque Béguin. Chiffon trouve un vieux vêtement oublié là, et le colle à la jointure de l'appentis, comme un pansement au mur de la maison. Tandis qu'on remplit la brouette de bois sec, je constate que les plants de rhubarbe à côté ont grandi. Nous ne sommes même pas venus en cueillir cet été, vu que seule Odile savait en faire des tartes.

Nous apportons le bois à papa, qui accepte d'allumer la cheminée pour nous faire plaisir. Il y avait longtemps qu'on n'avait pas fait un tel feu. Ce n'est pas encore la fin d'après-midi, mais il fait si sombre dehors que la salle à manger resplendit de cette lumière dansante qui, autrefois, mettait maman en joie et en humeur de tout brûler. Je me souviens d'un samedi après-midi au cours duquel elle avait balayé le sous-sol. Parmi beaucoup d'autres choses, il y traînait quelques vieilles châtaignes. Pleine d'une joyeuse énergie, maman avait jeté son seau de poussière dans le foyer. Une fois dans le feu, les châtaignes avaient provoqué un terrible feu d'artifice. Des éclats enflammés jaillissaient en pétards et en fusées, il n'y avait pas moyen de les arrêter – je me souviens de tout cela en passant doucement le doigt dans les petits cratères carbonisés du tapis de laine.

Chiffon me regarde, je sais que, comme moi, il pense à ce jour-là. On se sourit, mais je vois bien qu'il est triste. Quelle sale saison que l'automne, tout de même…

Le cabanon étant très humide, Ferment propose qu'on dîne face à la cheminée. Il a trouvé des saucisses dans le congélateur, qu'on fait griller au bout d'une pique. Ça a un bon petit goût de cendres – mais le chat refuse les bouts que je lui tends. Il est étrange, notre chat, depuis quelque temps. Non seulement il dédaigne le cabanon – ça, je le comprends – mais il ne nous tolère plus qu'à peine dans la maison. Depuis presque trois mois qu'il habite là tout seul, il pensait sans doute en avoir la jouissance exclusive. Il vient tout de même frotter ses moustaches à la chaleur du foyer, dormant d'un œil sur la poutre de la cheminée ; mais on le sent soulagé de nous voir partir peu après la nuit tombée. Au moment où papa éteint les dernières lumières, dans l'obscurité de la pièce qu'on vient de déserter, je suis certaine de le voir sourire…

9

Encore une fois, j'ai détesté la livraison de Sentois Combustibles. Pour commencer, l'énorme camion-citerne a monté la côte en éraflant mon arbre préféré, le grand érable près des framboisiers. Puis le même monsieur que d'habitude, avec ses grosses bottes et ses larges gants, a déroulé son épouvantable tuyau dans notre maison – un grand corps de fibres sales et de caoutchouc, qui courait depuis l'entrée du garage jusqu'à la chaufferie, tout secoué de spasmes. Après, forcément, je me mets à la place de la cuve – elle est contente, elle… elle avait soif. Mais le reste de la maison ne peut pas apprécier cette présence étrangère, ce gargouillis infâme durant vingt ou trente minutes, l'odeur grasse qui se répand. Heureusement, le monsieur n'a rempli qu'une des deux cuves – parce que derrière celle dans laquelle papa avait donné un coup de pied, il y en a une autre qu'on a déjà remplie par le passé, en prévision des hivers les plus rudes. Là, Ferment ne veut pas faire cette dépense. Le monsieur est reparti assez vite, et j'ai pu sortir d'entre les deux cuves avant d'étouffer dans l'odeur de fioul et l'obscurité de ce recoin humide.

La chauffe a repris. La fin des vacances est consacrée à colmater les fuites, à aérer les pièces, à surveiller les décollements de papier peint. Par endroits, on dirait que la maison frise. Il est de plus en plus difficile de la quitter le soir et papa s'en aperçoit. Alors, maintenant que les vacances s'achèvent et qu'un beau week-end s'annonce, il nous emmène en balade deux jours de suite dans la campagne. Nous arpentons le bois au-dessus de chez nous, les champs qui s'étendent de l'autre côté de la colline, les chemins escarpés qui courent sur celle d'en face. De loin, on dirait que rien n'a changé sur notre terrain. Les pruniers du bas cachent le nouveau cabanon et l'eau qui s'échappe des fondations n'a pas encore modifié l'aspect de la maison.

Quand nous rentrons le dimanche soir, papa nous prépare un poulet, afin de nous donner des forces pour le retour à l'école. Tandis qu'il préchauffe le four, Béguin doit lancer la flambée dans la cheminée et moi prendre un bain. Chiffon me fera suite pour profiter de l'eau chaude – en attendant, il peut regarder la télé. Je joue longtemps dans l'eau ce soir-là. Le chat vient me voir, il monte même sur le rebord de la baignoire, ses oreilles légèrement tournées vers l'arrière. « T'inquiète pas, Bécarre, que je lui dis. On repart ce soir. »

Aucun de nous n'appelle cet animal de la même façon. Après notre beau chat couleur caramel, mort il y a déjà trois ans, nous avons trouvé celui-ci près du ruisseau, peu après le départ de maman. Béguin avait lancé le premier : « Il est noir avec un ventre blanc, nous l'appellerons Bémol. » Chiffon, qui n'était pas d'accord, avait dit : « Fa dièse. » Comme je me souvenais encore vaguement des explications de maman à propos des crottes de notes qu'on voyait sur ses partitions quand elle jouait du piano, j'ai clamé à mon tour : « Bécarre ! » Papa n'a jamais tranché, ni appelé ce chat autrement que « greffier ». Avec ses grands yeux bleus qui louchent, ses pattes noirâtres et sa queue cassée, ce chat est comme une ombre que chacun d'entre nous fait semblant d'ignorer pour ne pas fâcher les autres, mais au fond, je crois qu'on l'aime bien. Ce soir, il accepte de boire dans ma main.

Soudain, je ne sais pas ce qu'il se passe : la lumière s'éteint. Je braille dans le bain, Chiffon arrive à tâtons en faisant : « Cchhht, cchhht, papa va arranger ça. » Au bout d'un quart d'heure, on l'entend qui gueule d'en bas : « Le disjoncteur est foutu, je ne rallumerai pas ! » Béguin m'apporte des affaires, Chiffon me sèche les cheveux devant la cheminée. « Bon… dit papa en remontant. On dirait vraiment que les vacances sont finies, cette fois. » Heureusement, le poulet était presque cuit, les patates aussi. On les mange face au foyer, on repasse aux flammes ce qui n'est pas assez doré. On a les doigts gras – Chiffon a de la chance, il a échappé au bain. Papa lui demande ce qu'il a regardé à la télé, il ne répond pas. C'est Béguin qui raconte à sa place le dernier épisode d'*Ulysse 31*.

Quand on ferme la maison après dîner ce soir-là, quelques notes s'échappent de la salle à manger. « C'est rien, dit Béguin. J'ai ouvert le piano de maman, tout à l'heure – le chat doit être en train de se promener dessus. » On descend l'allée dans le noir, jusqu'en bas du jardin. Grâce au générateur, on a de la lumière dans le cabanon. Papa vérifie que toutes nos affaires sont prêtes pour la rentrée. C'est l'heure de se coucher.

10

Tantine ! Ma petite et grande Jeanne…

Je voulais t'écrire pendant les vacances, et puis tu vois, le temps a filé… Papa s'est laissé convaincre de remettre la maison en marche comme si nous pouvions l'habiter, mais le résultat a été assez catastrophique. Il semble bien qu'à cause de l'eau, tout se déglingue là-dedans. Nous avons beau chauffer, assécher les recoins, il apparaît toujours de nouvelles infiltrations. Chiffon a déchiré tous nos draps et fait des boudins au pied des murs, mais le résultat est qu'au bout de quelques jours, comme nous sommes allés le vérifier avec papa, ça ne fait que retenir une pellicule d'eau au sol. Même la moquette de nos chambres là-haut est gorgée, sans qu'on sache pourquoi. Alors, évidemment, une maison, ça n'est pas fait pour devenir une piscine… Le dernier soir des vacances, le système électrique a sauté et, depuis, pas moyen de remettre le courant en marche. De toute façon, ce serait trop dangereux. La raison voudrait sans doute que l'on quitte cet endroit, mais pour aller où ? Papa dit que la maison est invendable, et qu'on n'a pas les moyens d'habiter ailleurs. De toute manière, aucun d'entre nous n'a envie de partir. Le cabanon est maintenant bien isolé, papa a tiré des fils – on s'éclaire et on se chauffe à l'électricité de la rue. Il nous interdit de parler à quiconque de cette vie-là, et nous, on ne s'en plaint pas, car c'est un peu le camping permanent ! Quand je pense que maman détestait ça...

Je t'embrasse – j'espère qu'on pourra se voir à Noël,

Ton cher neveu turbulent, Martin-Béguin

P.-S. : Papa me demande de te joindre une lettre qui est arrivée pour Odile, d'un monsieur qui dit être son père... Marcel Tremble, tu connais ?

11

Décembre, que c'est triste ! Il fait nuit très tôt, et comme il n'y a plus d'électricité là-haut, on ne peut quasiment plus aller dans la maison. Le mercredi, Chiffon et moi jouons dans le jardin mais il y a de moins en moins de choses à y faire... Vivement la neige.

Pendant que papa creuse un nouveau drain avec le voisin, on a quand même trouvé de quoi s'occuper, sous l'escalier du perron : deux hérissons endormis, qui se réveillent de temps en temps.

Au début, papa nous disait de les laisser tranquilles parce que c'est pour eux la période d'hibernation. Mais comme au bout d'un moment, on les a vus remuer plus souvent et se déplacer lentement entre les outils entreposés, manifestement à la recherche de nourriture, papa nous a autorisés à leur donner du pain trempé dans du lait. Chaque fois qu'on les nourrit, ils repartent ensuite doucement vers leur trou – on espère que c'est un couple et qu'ils feront des petits au printemps. Maman disait toujours : « Les hérissons, c'est plein de puces ! » Puis, sans hésiter, elle les prenait dans ses mains pour les dégager des allées, des chemins où ils pouvaient se faire embêter.

À part ça, quand papa en a vraiment marre de nous voir traîner comme des âmes en peine, il nous envoie dans les bois. Le samedi, Béguin vient avec nous. On passe par le chemin des Moutons plutôt que sur la place de la Mairie, parce que Béguin a un peu honte d'être vu en notre compagnie. Il a peur que les jeunes qui traînent là s'adressent à Chiffon et que notre frère ne réponde pas. Il a peur que les jeunes s'adressent à moi et que je leur réponde des trucs farfelus. Il a raison : je déteste ces grands godichons qui font le tour de la place à mobylette. Ils sont maigres, ils ont des boutons, ils sentent la cigarette. Quand ils rigolent, assis sur le dossier des bancs publics, on dirait des vautours un peu niais. Alors Béguin nous fait passer par le chemin des Moutons.

Il est raide, ce chemin, et quand le temps est humide, ça glisse pas mal, mais on peut toujours s'accrocher au grillage – du moins, si les propriétaires des jardins autour ne nous voient pas. Car c'est fou comme les gens sont regardants à leur ferraille ! Le liseron envahit tout, les racines tordent les bordures en ciment, mais si un enfant pose les doigts sur leur grillage à poules, ils râlent, ils crient au vandalisme, au scandale... Il n'y a guère que Mme Sorbier qui soit gentille avec nous. Quand elle nous voit depuis la fenêtre de sa cuisine, elle sort pour nous offrir des gâteaux à la peau de lait. Ce n'est pas très bon, mais c'est elle qui les fait, et souvent, elle nous donne aussi un bonbon. Maman s'arrêtait souvent bavarder avec elle quand nous nous promenions. Son mari, en revanche, est un vrai cochon. Quand il nous aperçoit, il sort sa grosse langue et nous menace de loin avec son sécateur – c'est vraiment écœurant.

Une fois en haut, on rejoint le chemin qui conduit directement au bois. À partir de là, il faut souvent patauger dans la boue tous les deux ou trois cents mètres, tant il y a de sources qui s'écoulent sur ce flanc de la colline. Ma préférée est celle qui tombe d'une rocaille – une chute presque aussi haute que moi. Le débit n'est pas très important, mais il suffit à brasser plein de petites mousses et de petites algues dans un filet cristallin, qui rendent l'eau encore plus vive. Mon autre source préférée est celle qui coule dans une cavité. Je ne sais pas qui a maçonné cette voûte, mais c'était une rudement bonne idée, car sans la voir, on entend l'eau qui ruisselle et maintient son niveau de réserve dans la pénombre. Je me suis toujours demandé s'il y avait des poissons ou d'autres bêtes là-dedans. Maman disait que ce pouvait être une bonne cache à salamandres, mais nous n'en avons jamais vu. Dans le doute, les garçons m'ont quand même déjà laissée toute une après-midi devant, avec une épuisette, pendant qu'ils allaient faire je ne sais quoi.

Puis, au-dessus des sources, il y a les bois… Les bois, les bois, les bois – avec leurs taillis de fougères, de ronces et de lianes. Le plus souvent, nous restons sur les chemins, mais il existe plusieurs endroits où le sous-bois est accueillant, bien dégagé. On peut y jouer à Tarzan. Mes bras ne me portent encore pas trop bien, mais Béguin me prend souvent dans les siens. Bien sûr, nous sommes déjà tombés d'une liane qui a cassé, mais le tapis d'humus est doux pour des fesses comme les nôtres. En sortant, on s'écorche bien un peu, mais ce sont plutôt des caresses minérales, végétales – on ne peut pas en vouloir au sous-bois.

Enfin, on ne s'aventure pas toujours jusque-là, mais tout au bout du chemin principal s'ouvre une vaste étendue de champs qui descendent vers la route en contrebas. La route qu'emprunte papa avec sa voiture pour aller travailler en ville, dans une école pour les grands – les plus grands que Béguin encore. Une école où on fait beaucoup de calculs je crois, et de dessins. Je ne sais plus pourquoi exactement. Papa dit qu'on y fabrique des « modèles » et des pièces en métal. Mais je raconterai ça une autre fois, car tout ce qui se trame au-delà de la colline et du bois reste pour moi comme un pays étranger. Et je continue à me demander ce que maman est partie faire là-bas.

12

Nous avons passé un drôle de Noël... Tante Jeanne avait loué une maison dans une petite ville de bord de mer, et quelle maison ! Cinq chambres, une cave et un grenier, mais pas plus d'une pièce par étage. Nous avons passé la semaine dans les escaliers – même le réveillon s'est fait à moitié dans les marches, tant on avait du mal à tenir tous assis dans le salon-cuisine. Il faut dire qu'en plus de nous, il y avait deux invités de grande taille. D'abord, le nouveau copain de tante Jeanne. Il s'appelle Michel, il est blond, il a une grosse barbe. Tata nous a dit de faire attention, parce qu'il est prof de maths. L'autre s'appelait Marcel Tremble. Un homme assez âgé, mais aux longues jambes, surmontées d'un ventre dur et rond. J'ai tout de suite aimé sa tête, car il a de petits yeux vert clair qui irradient et de grandes moustaches en guidon de vélo. Quand il rit, ses pommettes remontent comme celles du père Noël. À part ça, il est plutôt habillé en bleu. Papa était très curieux de le rencontrer, parce qu'il se peut qu'il soit de la famille de maman – nous n'en savons pas plus pour le moment. Béguin a passé la semaine à lui poser des questions, à sonder ses goûts et ses manières. Par moments, papa et tante Jeanne avaient avec lui de longues discussions, dont ils ressortaient tous très émus. Marcel, du haut de ses grandes jambes, semblait marcher sur des œufs. Il n'y a guère qu'avec Chiffon et moi qu'il riait de bon cœur, dégainant des blagues et des tours qui nous amusaient à tous les coups. Lorsque le dernier jour nous l'avons ramené au train dont les rails s'arrêtent peu avant la plage, Jeanne pleurait. Marcel n'a pas osé s'approcher d'elle, mais il a tendu une main amicale à notre père. De nous trois et de Michel, il voulait un bisou. Je lui ai donné le premier, Chiffon le deuxième, Béguin le troisième – et quand est arrivé le tour de Michel, Marcel a sauté dans le train. Il riait sous ses moustaches et ses pommettes. J'espère qu'on le reverra.

13

La neige a tardé, cette année, mais ça valait le coup d'attendre. Elle a commencé à tomber le week-end dernier, et voilà maintenant quatre jours que les averses se succèdent, denses et silencieuses. Papa doit pelleter chaque soir dans la montée pour avancer sa voiture et dégeler chaque matin l'arrivée d'eau, qui est à fleur de terre. Il songe à creuser une tranchée plus profonde jusqu'au compteur. Moi, tout ce blanc, partout, ça me rend folle d'excitation. Béguin nous a expliqué que le ramassage scolaire ne passe plus au centre du village. Le matin, il doit descendre jusqu'au croisement, où le bus passe tout droit pour rejoindre Soinville. Le soir, il prend une autre ligne, celle de Faisneville, qui le dépose tout en haut de Laguerre. Avec sa copine Elvire, ils descendent le Trouhet sur les fesses – soit l'équivalent du chemin des Moutons, mais en plus raide, sur la colline d'en face. À l'école, c'est super, il y a des paquets de neige dans la cour, que le cantonnier dégage chaque jour. Tant qu'elle n'est pas trop sale, on a le droit de faire des boules et des batailles. Quand on crie, quand on rit, l'ambiance n'est pas pareille : la neige assourdit tout et, le soir, elle illumine les rues, les trottoirs. Je ne sais pas pourquoi, mais quand je vois ça, mon cœur bat si fort que je dois retenir des cris de joie dans ma poitrine – ça fait presque mal.

Aujourd'hui, comme c'est mercredi, Chiffon me traîne en luge dans le jardin. Nous avons fait plusieurs descentes dans la grande allée. Mes bottes et mon pantalon sont trempés et froids, mais on a décidé d'essayer le petit escalier, à l'arrière de la maison. En fait, ce ne sont que trois marches avant la descente en ciment. En les remblayant avec de la neige, on en fait une bonne rampe. Ensuite, l'allée étant très étroite jusqu'à la grande courbe devant la maison, ça fait une piste de « bobsleigh » (encore un mot que nous a appris Béguin l'autre jour). Après deux fins de course dans les thuyas, on a trouvé le moyen de négocier le virage. On a hâte de montrer ça à Béguin ce soir.

O

Je ne coule plus sous la maison
je ne force plus le passage jusqu'au ruisseau
J'ai trouvé un autre moyen de me répandre

J'ai abandonné la maison pour un temps
j'ai investi le jardin et toutes les collines alentour
Ça fait du bien de s'étendre en silence

Les cris des enfants sont la seule chose que j'entends encore
Pour le reste, je fais manteau
J'empêche les voitures, les camions de s'approcher
Je ne veux plus qu'on creuse de drains ou des tranchées

C'est l'hiver, Ferment, il faut se reposer…

JARDINS

1

Depuis que Marcel Tremble est là, tout a changé. D'abord, Marcel Tremble a dit : « Ferment, vous n'allez pas habiter un cabanon toute votre vie… » Avec papa, ils se vouvoient – c'est très chic, je trouve. Ils ont cherché ensemble le moyen de réinvestir la maison, mais Marcel s'est rendu au même avis que papa : ça n'est pas possible, l'eau est imprévisible. Alors Marcel est reparti deux semaines chez lui, puis il est revenu avec un camion rempli de cartons, en annonçant : « Vous voyez la maison, là-bas ? » Il montrait une longue bâtisse sur le trottoir d'en face, cent mètres plus loin, vers la droite. « On va tous habiter là. »

Au début, ce n'était pas très clair pour moi, mais maintenant qu'on déménage, j'ai compris : Marcel a loué cette grande maison qui donne sur la rue. On aura chacun une chambre à l'étage, et il y a derrière, c'est-à-dire sur l'autre façade, une grande cour fermée où on pourra jouer. Ça me fait un peu bizarre de me retrouver comme ça, d'un coup, au pied de l'autre colline, mais la maison est grande et confortable – presque bourgeoise, a dit Jeanne.

C'est étonnant, autant de petites chambres bien rangées, et quasiment toutes de la même taille, dans un couloir. Nous avons chacun la nôtre : Jeanne immédiatement en haut de l'escalier, puis moi, Chiffon, papa et enfin Béguin. Il n'y a guère que Marcel Tremble qui occupe un autre espace, en haut d'un second escalier. C'est un genre d'immense grenier, où il peut ronfler à son aise. Car sinon, pardon, hein… personne ne peut dormir à côté de Marcel Tremble ! Il fait à peu près autant de bruit qu'un tracteur. Par ailleurs, il a promis que les jours de pluie, on aurait le droit de jouer dans sa chambre. C'est très haut de plafond, il y a une échelle de meunier qui donne accès à une plate-forme, où il dit que comme jamais personne n'ira, on aura bien le droit d'y faire n'importe quoi.

En attendant, c'est le printemps, et la petite cour devant la nouvelle maison ne suffit pas à nous occuper. Chez nous, les pruniers sont en fleur, la pelouse s'est remise à pousser : après tous les travaux d'urgence faits ces derniers mois, Marcel et papa ont entrepris de remettre le terrain en état. Reboucher les tranchées, enjoliver les drains et faire de la cuve de sécurité, pourquoi pas, un nouveau bassin. Malgré son âge, Marcel a beaucoup d'énergie, et plein d'idées. Chaque fois que Chiffon et moi rentrons de l'école, on découvre quelque chose de nouveau : des pommes au four pour le goûter, un jeune cerisier planté dans l'allée herbeuse ou le buisson de pivoines bien taillé. L'autre jour, c'était une balançoire à bascule, qu'il avait fabriquée en fixant une planche sur le rouleau à gazon qui ne sert jamais. Je l'aime, Marcel Tremble. Et je crois que notre chat l'aime aussi : il vient se frotter à ses jambes, même quand Marcel Tremble dit de lui qu'il est trop cuit – rapport à ses extrémités noires et son air un peu ahuri.

2

Chère tante Suzanne,

Comme je t'en parlais dans ma dernière lettre, j'ai finalement déménagé à Laguerre, pour soutenir Ferment. Je n'aurais pas pu le faire immédiatement après la disparition d'Odile, car la maison me paraissait trop triste sans elle, et Ferment n'envisageait pas d'habiter ailleurs avec les enfants. Mais depuis que la source a pris le dessus et, surtout, depuis que Marcel Tremble a fait irruption dans nos vies, tout semble plus facile, plus évident.

Je sais que tu ne peux pas venir à Laguerre, que tu as trop d'épouvantables souvenirs dans la région, mais j'aimerais vraiment que tu rencontres cet homme qui pense être le père d'Odile… Peut-être pourrions-nous venir te voir ensemble, un jour, à la maison de retraite ? Tu aurais peut-être un souvenir, toi, de ce bal où il dit avoir rencontré notre mère, peu de temps avant qu'elle épouse notre père ?

En tout cas, même si ce n'est pas flagrant, il y a un air de ressemblance entre Odile et lui… Pas dans les traits, car Odile était le portrait de maman, mais dans la silhouette. Le même élancement, peut-être. Et puis cette joie perpétuelle, mêlée d'angoisse et de timidité… C'est très troublant.

Il dit qu'à l'époque notre mère l'avait prévenu que l'enfant qu'elle portait était probablement de lui, mais il n'avait pas répondu à sa lettre, parce qu'il ne voulait pas perturber la vie d'un couple qu'il pensait s'aimer depuis longtemps. Puis, avec les années, cette histoire s'était enfouie. Il s'est marié de son côté, sans jamais avoir d'enfant. Sa femme et lui tenaient une petite station-service en Normandie.

Quand sa femme est morte il y a deux ans, il a voulu savoir ce qu'était devenue notre mère. Il a appris qu'elle et papa étaient morts eux aussi, quelques années auparavant, laissant deux filles dans la trentaine… Il a tenté sa chance en écrivant ici, sans être sûr qu'il s'agissait de la bonne Odile – mais ce qu'il évoque à propos de nos parents ne me paraît pas délirant. Ce serait sans doute bien que vous puissiez vous parler, évoquer les bals et les villages où vous avez pu vous rencontrer lorsque vous étiez tous des jeunes gens.

En tout cas, Marcel a décidé de prendre sa retraite ici. Il a trouvé des repreneurs pour sa station-service, et loue pour nous tous une grande et belle maison dans le village, encore plus près de l'école de Zizi et Chiffon. Michel n'habite pas avec nous, car il a encore un peu peur d'épouser ma toute nouvelle tribu, mais je me dis qu'il s'y fera peut-être. Et puis, tout ça n'est sans doute que temporaire. Ferment et les enfants finiront par se faire à l'idée qu'il faut abandonner la maison sinistrée et chacun reprendra probablement sa vie. Pour le moment, les enfants et Ferment ont encore besoin de leur jardin, de ce lien avec Odile…

Ma tante, si tu savais comme ma sœur me manque à moi aussi – et comme les enfants lui ressemblent. Derrière ses airs d'adolescent indifférent à tout, Béguin est une tendre vigie – il veille discrètement, me met au courant de tout ce qui concerne la vie secrète de la famille. Zizi est une enfant très gaie, qui nous fait beaucoup rire. Elle ne semble pas trop affectée par l'absence de sa mère, mais elle porte aux objets une attention bouleversante. Il n'y a guère que Chiffon qui m'inquiète… Il est vraiment très secret, parle toujours aussi peu. Béguin et Zizi me disent qu'il n'est pourtant pas tellement différent d'avant, qu'il a toujours eu ses mondes à lui et qu'avec eux, il les partage très bien. Quant à Ferment, il est évident qu'il souffre et la façon dont il se démène pour tout pourrait l'épuiser s'il n'y avait pas maintenant Marcel à ses côtés. Vraiment, Suzanne, il faudra que nous venions te voir tous ensemble, dès que nous le pourrons.

Je t'embrasse tendrement,

Jeanne

3

Pépé est un dingue de jardinage – Marcel Tremble veut qu'on l'appelle pépé, maintenant… Je ne suis pas sûre que ce soit notre vrai grand-père ; notre vrai grand-père s'appelait papi Henri, et je ne l'ai connu que jusqu'à mes deux ans. Chiffon et Béguin s'en souviennent comme d'un monsieur triste, qui râlait tout le temps. Maman leur disait que c'était à cause de la mort de mamie, un an auparavant, mais Béguin, qui se souvient aussi de mamie, dit que ce n'est pas vrai… qu'ils étaient tristes tous les deux. D'ailleurs, on ne les voyait pas souvent. Ferment n'aime pas trop parler d'eux, surtout devant Marcel Tremble. Alors nous, on n'a pas fait les difficiles – ce vieux monsieur aux longues jambes, aux moustaches recourbées et au ventre rebondi, on a accepté d'en faire un pépé tout neuf. Tante Jeanne l'appelle Marcel, le tutoie, et elle nous l'a assuré : ça ne la dérange vraiment pas qu'on ait un nouveau grand-père. Je pense que maman aussi aurait été contente.

Bon, mais surtout, ce que je voulais dire, c'est que pépé est un dingue de jardinage. Entre le ruisseau et le cabanon, il a planté des rangs de salades, de poireaux, de radis, de choux, de pommes de terre, de haricots – et même des fraises pour cet été, des courges pour l'hiver. On a maintenant un tas de fumier, comme les vrais fermiers, avec qui pépé discute quand il va se promener. Il a le projet de faire un enclos pour des poules et des canards. Papa le laisse faire et nous aussi, du moment qu'il n'empiète pas sur l'espace de la balançoire – c'est tout juste, avec le fumier et les courges… Béguin le chamaille un peu en disant que son fumier n'est que du compost, vu qu'on n'y met que des épluchures de légumes et les déchets du jardin. Alors maintenant, pépé ramène de la vieille litière de la ferme, parfois même un seau de lisier. On n'y a pas gagné en air pur, et Béguin a admis : « Faut pas chercher pépé sur le vocabulaire… »

Pendant ce temps, papa « assainit » la maison, comme il dit. Je ne sais pas trop ce qu'il farfouille dans le sous-sol, mais avec ce nouveau projet de bassin, il a entrepris de reprendre tout le tracé des drains. L'autre mercredi, il est revenu du travail avec un marteau-piqueur. Même pépé était surpris : « C'est un collègue qui me le prête », a expliqué Ferment, avant de s'enfermer dans l'atelier. Tout l'après-midi, il a piqué le sol en biais. Il y a maintenant une tranchée qui part du coin gauche, contre le mur de la chambre, pour arriver en façade, sous l'escalier du perron. Juste à l'angle où Chiffon et moi avions repéré les hérissons. Tu parles qu'avec ça, on a une chance d'héberger une famille…

En attendant, la source reste tranquille. Elle coule toujours au même rythme, se laissant balader par drains et tranchées. Papa a gardé le système des gouttières en zinc du voisin, que Marcel a amélioré par des soudures. Ils ont décidé que désormais, tout le réseau resterait à ciel ouvert, pour pouvoir surveiller le débit et la couleur de l'eau. Elle est limpide la plupart du temps, se teintant parfois de jaune ou de blanc, sans qu'on sache vraiment pourquoi. Ça ne se justifie pas vraiment, mais papa continue de chauffer la maison – pour la garder « salubre », dit-il. Marcel a fait des plans pour un bassin : fini la cuve souterraine avant la chute dans le ruisseau, place à un parcours en surface, jusqu'à une fosse peu profonde mais assez large pour y faire pousser des lentilles et des nénuphars. Papa lui laisse le champ libre pour aménager le devant de la maison tandis que, de son côté, il garde secret son projet pour l'intérieur, qui nécessite la présence, encore quelques jours, du marteau-piqueur.

4

Odile, mon Odile, est-ce toi qui nous as envoyé Marcel Tremble ? Tu me connais, j'ai du mal à croire aux romances : Marie-Madeleine trompant Henri la veille de leur mariage, Suzanne n'en sachant rien ou se taisant de façon têtue jusqu'à aujourd'hui, ta sœur Jeanne embrassant ce conte de fées sur fond de station essence… C'est beaucoup pour moi, qui t'ai aimée notamment parce que tu fuyais les familles compliquées, les non-dits, les secrets… Pourtant, veux-tu que je te dise ? Je l'aime comme s'il était ton père, ce Marcel Tremble.

D'abord, parce qu'il amuse les enfants – ce que j'ai du mal à faire depuis un an et demi que tu es partie. L'autre jour, j'ai entendu Chiffon rire aux éclats en voyant Zizi courir et crier sous le jet du tuyau d'arrosage que Marcel faisait semblant de ne pas maîtriser. Ça m'a donné le frisson, tant il y avait longtemps que notre cadet n'avait pas montré une telle joie. Quand Béguin est là, et a fortiori ta sœur, je peux les laisser tout seuls, je n'ai plus peur. Car jusqu'à présent, j'ai eu beaucoup de mal à m'éloigner d'eux, ne serait-ce qu'aux heures de travail. Et c'est pire lorsque je suis dans notre jardin ou notre maison.

Et je crois que si je veux être parfaitement honnête, ce n'est pas pour les enfants que j'ai peur – mais pour moi. Que t'est-il arrivé, Odile ? J'ai parfois la crainte de disparaître moi aussi, sans avoir d'explication à cela.

Depuis quelque temps, je te retrouve en rêve – du moins est-ce l'impression que j'ai, même si je ne vois jamais ton visage. Nous sommes tous les deux dans la maison telle qu'elle était avant, et tu me montres tous les endroits où nous pourrions l'agrandir, percer des fenêtres. L'autre nuit, tu as ouvert comme une dentelle toute la surface du mur aveugle au nord-ouest. Les maisons voisines avaient disparu, la plaine s'offrait au loin, courant jusqu'au fleuve en une mosaïque de champs de blé, de luzerne et de colza. Je n'avais jamais rien vu d'aussi beau. Et ce qui est drôle, c'est qu'en nous promenant l'autre jour tous ensemble de l'autre côté du bois, c'est à peu près toute cette portion du paysage que Zizi a appelée « le lointain ».

Je sais bien que tout ça n'est qu'une illusion, que je ne devrais pas m'accrocher à cette maison. Mais tant que tu l'habiteras, Odile, même en rêve, je ne pourrai pas la quitter. Alors je fais des plans de sauvegarde, je tente des expériences… Cette source ne me fait plus râler. Je suis à deux doigts de croire qu'elle est une chance. En tout cas, elle m'occupe l'esprit, m'empêche de devenir fou en pensant à toi, à ce que tu es devenue et qu'on ne sait pas.

5

Les premières fraises ont poussé ! Chiffon et moi, on essaie de les laisser mûrir, mais c'est très difficile… On les mange souvent avant qu'elles soient complètement rouges. Pépé fait semblant de croire qu'on agit ainsi pour les sauver des oiseaux. Jeanne suggère l'usage du filet plutôt que de braver ainsi l'acidité, mais Marcel dit : « Ah non ! Les filets, c'est de la cochonnerie. Les oiseaux se prennent les pattes dedans, on retrouve des petits fils partout, ça empoisonne les vers de terre… » Sauf qu'au bout de quelque temps, on a un peu mal au ventre ; et qu'à attendre quelques jours de plus, vu que Marcel est dans le jardin toute la journée, les oiseaux ne nous font pas grande concurrence. Finalement, avec un peu de patience, on parvient à manger un saladier de fraises bien rouges.

Depuis que le bassin devant la maison est fini, et que les nénuphars ont poussé, pépé a entrepris un autre chantier. Il dit : « Si on a réussi à faire courir l'eau là-haut, pourquoi ne pas la faire courir en bas ? Ça m'évitera des allers-retours pour arroser, et ça sera beau comme un jardin japonais. » Alors il a commencé à creuser un nouveau lit pour le ruisseau. L'eau passe d'abord sous le portique, et plus exactement sous le trapèze, à côté des anneaux – ce qui fait que maintenant, lorsque je me balance en cochon pendu les bras écartés, j'ai l'impression de voler en piqué au-dessus d'un fleuve. Après ça, le lit chemine comme un gros serpent vers le potager.

Au début, il y avait juste le tracé. Pépé avait mis une trappe à l'entrée, pour creuser tranquille. Au moment de la mise en eau, il nous a tous appelés. Le flot a roulé quelques mètres comme un torrent, puis il s'est apaisé. Il a pris le temps de tout imprégner, et ce n'est qu'au bout de quelques minutes que le courant s'est installé, paisible.

Le ruisseau traverse maintenant toute la partie basse du jardin, passant deux fois dans le potager, embrassant au passage le cabanon qui est désormais le lieu où l'on vient se reposer. Par exemple, pendant les vacances de printemps, on y a dormi cinq nuits d'affilée avec papa, comme d'autres vont camper au bord d'une rivière. On a fait de la pintade au barbecue et des épis de maïs grillés. Marcel et Jeanne venaient manger avec nous le soir et retournaient dormir dans la nouvelle maison, à cent mètres. Après leur départ, on allumait les lanternes installées le long du ruisseau et on se taisait en regardant leur reflet dans l'eau. Je sais bien qu'à part les sangsues, il n'y a pas beaucoup d'êtres vivants dans notre espèce de caniveau, mais de temps en temps, j'y vois quand même du mouvement, j'ai l'impression de percevoir des papillotements… Je me jette alors à plat ventre sur la rive, mais je ne surprends jamais rien.

C'est étrange comme, parfois, « rien » a l'air d'être quelqu'un.

6

Ça y est, les canards sont arrivés ! Il n'y aura finalement pas de poules dans l'enclos – seulement un couple de colverts et un pékin allemand, tout blanc. Et en fait d'enclos, pépé n'a construit qu'une petite charpente et un toit de planches bordé d'un grillage, pour que les canards y dorment la nuit. Le jour, il a envie de les voir se dandiner près du potager, dont il a protégé l'accès par une clôture basse.

Au début, je dois dire que tout allait bien. Les canards se promenaient, désherbaient un peu, pataugeaient dans l'eau – c'était très gai. Puis, au fil des semaines, il a commencé à se passer des choses étranges. De nouvelles herbes poussaient sur les rives, des algues ont envahi le lit… il y avait comme un déséquilibre des choses. Pépé fulminait contre le fermier qui lui vendait la nourriture des canards : « Si ça se trouve, cet empoisonneur me file du grain bourré d'antibiotiques ou je ne sais quelle cochonnerie ! » Pépé pensait que beaucoup de choses qui servaient à l'élevage et à l'agriculture étaient de la cochonnerie. Alors on a cessé de leur donner du grain – on a bêché pour leur permettre d'attraper plus de vers de terre, on a chassé dans les trous des murets en parpaings pour leur trouver des escargots, on leur a donné des légumes du jardin. Au bout de quelques semaines, rien n'avait changé – le phénomène avait même empiré : toujours plus d'herbes hautes et d'algues longues. Il fallait draguer le fond tous les jours, et les canards se cachaient dans la végétation. Chiffon et moi devions les chercher avec un bâton, le soir, pour les rentrer dans l'abri.

Un jour, il s'est même produit une catastrophe : les déchets végétaux s'étaient amassés en si grand nombre à la sortie de notre jardin que ça faisait un bouchon à l'endroit où pépé avait posé un morceau de grillage pour éviter que les canards se sauvent. Le ruisseau est alors sorti de son lit et, suivant la pente légère qui mène du cabanon jusqu'à la rue, passant par le jardin de notre voisine, il a atteint sa minuscule maison en contrebas. Notre voisine s'est réveillée en pleine nuit les pieds dans l'eau. Comme elle est très vieille, elle ne s'est pas affolée. C'est M. Dornier, notre autre voisin, qui s'est aperçu de quelque chose au matin. Il a couru chercher pépé qui dormait avec nous dans la grande maison plus loin. Papa était déjà parti travailler. Pépé s'est dépêché de s'habiller et nous l'avons suivi. En arrivant, il a gueulé contre les canards, avant de dégager la sortie du ruisseau, et de ramener toute cette eau dans son lit. Comme elle est vraiment très vieille, la voisine riait. Elle riait d'autant plus que les canards étaient également arrivés chez elle dans leur abri transformé en bateau. Elle disait aussi qu'elle n'avait pas à se plaindre car l'eau était tiède. « Bon Dieu, mais c'est vrai ! » a crié pépé.

Vu l'heure qu'il était, inondation ou pas, Jeanne nous a envoyés à l'école tandis que Marcel commençait à mener l'enquête. Lorsqu'on est rentrés le soir, il n'en revenait toujours pas : c'est l'eau de la source en haut qui tiédissait le ruisseau. Au niveau du bassin à nénuphars, c'était même carrément chaud, les nénuphars étaient tout flétris. Pépé n'avait aucune explication à tout ça, et ce n'est qu'au retour de Ferment que les choses se sont éclaircies.

Tout d'abord, papa a eu l'air surpris en trempant sa main dans le bassin : « Ah oui, c'est chaud, a-t-il dit. Trop chaud. » Puis il s'est dirigé vers l'atelier et la chaufferie. Ça faisait bien longtemps qu'il bricolait tout seul là-dedans et que personne n'était entré pour voir. Quand il a ouvert la grande porte coulissante, on n'en a pas cru nos yeux : la totalité du sous-sol était transformée en serre tropicale. Sans doute inspiré par le travail de pépé en extérieur, Ferment avait creusé un petit lit sinueux à la source – mais directement dans la dalle de béton. Il avait aussi branché plusieurs lampes et ventilateurs au générateur qu'il avait remonté du cabanon. Et surtout, il avait détourné un tuyau de la chaudière pour déverser dans la source un flux continu d'eau tiède. Seulement, la chaudière avait dû s'emballer cette nuit, et l'eau déversée était aujourd'hui brûlante. « Ça, c'est pas bon pour les plantes », a regretté papa, calmement.

Pépé ne parlait pas. Il tournait dans le sous-sol en suivant le cours d'eau, observant les fougères, les plantes grimpantes, les mousses... Des fleurs apparaissaient ici ou là. Il y avait même un genre de palmier. « Êtes-vous fou ? » a-t-il fini par demander à papa. Mais ses yeux riaient. « Comment avez-vous amené tout ça ? Comment avez-vous fait pousser trois hibiscus en si peu de temps ? » Papa a expliqué que depuis quelques semaines, il ramenait des plantes en cachette. Qu'il ne savait pas trop pourquoi il faisait ça, mais que ça le détendait.

Béguin et moi, on se regardait, perplexes, tandis que Chiffon piétinait le terreau humide, les mousses gorgées d'eau. On l'a vu se glisser par la porte qui donnait sur le couloir de la chaufferie – on l'a suivi. Là-dedans aussi, tout était en chantier, envahi de gravats. Papa avait ravagé le sous-sol, on se serait cru au fond d'une grotte. On s'est frayé un chemin prudent jusqu'à la chambre et on a ouvert les volets qui étaient restés fermés depuis longtemps. Quand la lumière de fin de journée a pénétré dans la pièce, on a cru entendre un souffle. Les deux anciens lits des garçons étaient relevés contre le mur opposé à la source, mon vieux lit à barreaux en fer juste à côté. Il était maintenant tout rouillé, mais le manège en plastique y était encore fixé. Chiffon a actionné le bouton mécanique et la petite berceuse de Brahms s'est mise à jouer, tandis que les moutons ont commencé de tourner autour du berger qui portait un faux chapeau de paille.

Je crois qu'à ce moment-là, mes frères et moi n'étions pas tristes. Plutôt fascinés par la fraîcheur, la clarté du filet d'eau qui s'écoulait depuis le mur du fond jusqu'à la rigole profonde que papa avait creusée.

O

Ai-je seulement imaginé un jour que je pourrais être une source
en même temps qu'une maison ? Que je pourrais couler depuis
le haut d'une colline et rendre fous deux hommes d'un coup sans
en concevoir d'embarras ? Ferment me ravage, Marcel me jardine

Il est possible que ce grand homme soit mon père car quelque chose
bouillonne en lui au contact de la terre. Je ne crois pas qu'il ait pu
me concevoir – mais il m'a cherchée et c'est le plus important

Quant à Ferment… ah, Ferment ! Ne vois-tu pas que je t'habite en
veille mieux que dans ton sommeil ? Tu me vois en rêve mais c'est
le reste du temps que tu me travailles. Tu fais des plans pour me

canaliser mais plus tu t'acharnes, mieux je te désarme, et plus tu me fais danser. Eau, chaleur et tranchées en sous-sol – tu as disjoncté, Ferment. Tu cherches encore à me féconder alors que nous avons déjà trois enfants

Ce sont eux qui me retiennent ici. Ils sont les seuls pour qui je peux avoir encore quelque amour, quelque douceur. Car tu sais, mon corps est loin à présent et, tout là-bas, je suis un flot grondant. J'essuie les pluies, les vents ; je lutte avec le froid, la nuit et le temps. Je ne sais plus être lascive, Ferment – j'ai tout de suite envie de rugir

Si Béguin, Chiffon, Zizi n'étaient pas là, je ravagerais tout sur mon passage. Mais va savoir pourquoi, quand je les retrouve, quand je les entends ou les sens près de moi – tout s'apaise. Je vois des lacs anciens et profonds que je pourrais nourrir sans fin. Je me fonds en eux, et ils se fondent en moi

Si je n'étais déjà liquide, je t'assure que nos enfants me chavireraient Prends bien soin d'eux, Ferment. Moi, je vous attends

LA CHAMBRE DES CARTES

1

Chiffon va au collège avec Béguin désormais. Je m'ennuie un peu de lui. Alors quand je suis toute seule avec Marcel le mercredi matin, et que nous allons dans notre vraie maison – pas la nouvelle, qu'on aime bien aussi, mais un peu moins –, je le laisse à ses cultures et je m'occupe à des jeux que l'on imaginait ensemble, mon frère et moi, comme remonter en bottes le ruisseau qui est maintenant tout un labyrinthe dans le jardin. Mais bon, seule, ce n'est pas aussi amusant. Et ce matin, j'ai eu envie de ressentir sa présence. Pour ça, rien de mieux que puiser des chiffons dans son antre. Oh ! je sais bien que Chiffon n'aime pas que l'on farfouille dans ses affaires, mais lui-même ne va plus là-haut depuis longtemps.

Je suis entrée par le perron. La porte a fait le même bruit qu'autrefois, un claquement sec lorsque la poignée s'enclenche à fond. Sans ça, elle ne s'ouvre pas. Quand maman était encore là, j'avais du mal à l'actionner. À présent, ma main est ferme – je n'en dirais pas autant de mes jambes… C'est la première fois que j'entre seule dans la maison. Il y a de la poussière sur les meubles, des traces de pattes de chat sur certains d'entre eux, elles-mêmes recouvertes par une couche de poussière plus fine, maintenant que Bécarre vit avec nous, de l'autre côté de la rue.

La cuisine et le salon me paraissent effroyablement déserts et silencieux, je n'y traîne pas longtemps avant de rejoindre les combles. Dans le couloir de Chiffon, il ne reste plus qu'un matelas posé au sol et quelques vieux vêtements entassés. Je traverse rapidement et trouve refuge dans ma chambre. Il y a encore pas mal de jouets ici, ainsi qu'un grand panier rempli de toutes nos peluches. Pour ne plus avoir l'impression que la maison est vide, je les assois contre la cloison en ligne, comme une classe d'enfants bien sages. Je leur fais l'école quelques minutes, avant de me souvenir que c'est mercredi et que je suis venue pour chercher des traces de Chiffon. Je me glisse alors dans la chambre de Béguin – qui est vide et claire. Malgré les pans entiers qui se décollent par endroits, le papier peint recouvert de végétation ne m'a jamais paru si beau, si lumineux. Le soleil entre par la lucarne et pénètre jusqu'au fond de la pièce. J'ouvre la fenêtre ainsi que le carreau plein ciel ; la maison respire enfin – et moi avec.

Quand je me décide à tirer les deux portes du placard de Chiffon, je suis surprise d'y trouver l'intérieur parfaitement propre et rangé. Un tout petit bureau autrefois éclairé par une lampe de chevet supporte maintenant deux bougies, flanquées d'une boîte d'allumettes. Il y a des crayons, des pinceaux alignés, ainsi qu'une boîte d'aquarelle et des gobelets. Un pot d'encre aussi – et des chiffons. Des dizaines et des dizaines de chiffons. Ce qui m'étonne, ce n'est ni leur présence ni leur nombre, mais le soin apporté à leur arrangement. Ordinairement, Chiffon laisse traîner ses bouts de tissus partout comme des serpillières ou des guenilles. Là, ils sont au contraire pliés ou étendus, disposés en pile. En y regardant de plus près, je m'aperçois que ceux qui sont pliés sont propres et vierges de toute marque, tandis que les autres, disposés en mille-feuille, sont couverts de traces diverses, marron, noires, jaunes ou verdâtres. On pourrait les croire simplement sales, si Chiffon n'avait pas pris la peine de les tendre du mieux qu'il pouvait, et surtout d'en orner quelques-uns. Car une autre pile, tout au fond du placard, recèle le véritable secret de mon frère : des chiffons peints. J'en sors quelques-uns à la lumière de la chambre et découvre ébahie qu'à partir de traces d'herbe, de terre, d'eau et de poussière, mon frère dessine des cartes, des paysages. En ajoutant du bleu ou du vert à des traces de graisse et de cambouis, il fait apparaître des rivières, des rivages, des montagnes. Les grosses taches deviennent des îles volcaniques ; je vois aussi des plages et des cavernes. Comment fait-il de si belles choses à partir de ramasse-poussière et de chiffons de vidange ? Et surtout pourquoi ne nous les a-t-il jamais montrés ? En reposant soigneusement les chiffons l'un sur l'autre, je m'aperçois que celui du haut n'est pas tout à fait sec. Quand a-t-il fait cela ? Et surtout, pourquoi en cachette de moi ?

2

Les jours suivants, j'observe mieux Chiffon. Il se lève le matin à la même heure que moi et part pour le collège en même temps que Béguin. Le soir, nous accompagnons pépé au jardin pour l'aider à arroser le potager et rentrer les canards, Chiffon ne monte jamais seul jusqu'à la maison. J'interroge Béguin sur d'éventuelles absences de notre frère, mais Béguin s'en fiche : il a mieux à faire – avec Elvire, je crois. Alors je continue de mener l'enquête. Le mercredi suivant, je remonte au placard : un nouveau chiffon a été peint, il est en haut de la pile, encore humide. Cette fois, je le reconnais, c'est l'un de ceux qui ont servi à nettoyer la chaudière lorsqu'elle s'était emballée après la dérivation des canalisations opérée par papa pour arroser sa forêt vierge. Il était plein de cambouis et de rouille à la fois. L'eau calcaire l'avait également durci comme un parchemin, et Chiffon n'a pas réussi à le remettre complètement à plat. Il a tiré parti de cette rigidité pour dessiner des montagnes plus ou moins noires, des vallées plus ou moins sèches, des cours d'eau ici et là.

Comment fait-il pour rendre de vieux chiffons plus beaux que des cartes ? Je remets l'œuvre en place et, une idée m'ayant enfin traversé l'esprit, je file dans notre maison d'emprunt. Sans même dire à Jeanne pourquoi je reviens sans Marcel, je fonce à l'étage, dans la chambre de Chiffon. Sur son bureau, je trouve son emploi du temps scotché au sous-main. C'est bien ce que je pensais : le mardi, il finit plus tôt que les autres jours et son prof de techno est souvent absent, il l'a dit l'autre soir. Le mardi après-midi, il n'a donc pas cours. Je redescends et vais trouver Jeanne dans la cour. Elle est en train de planter des pensées dans la rocaille : « Dis, tata, est-ce que Chiffon rentre plus tôt le mardi ? » Évidemment, non. « Rentre-t-il en même temps que Béguin ? » Évidemment, elle n'en sait rien. Je ronge mon frein. Chaque fois que je le peux dans la semaine, je vais au placard : aucune autre carte fraîchement peinte.

Le mardi suivant, je n'ai qu'une hâte : sortir de l'école, courir jusqu'à la maison, surprendre Chiffon. Je suis si pressée en passant le portail que je ne vois même pas dans qui je fonce. Deux bras me saisissent au vol et une voix s'exclame : « Minute, papillon ! » C'est Chiffon. Il est venu me chercher. « Où cours-tu comme ça ? » demande-t-il en souriant avec ses yeux en demi-lune que j'adore.

— Je voulais te surprendre à la maison...

— Je sais, dit-il. Jeanne m'a prévenue que tu me pistais. Viens, on y va ensemble, je vais te montrer. »

Nous descendons la rue qui n'est quasiment qu'un long virage jusqu'à chez nous, et montons l'allée en trottinant. Pépé, qui est en train de désherber plié en deux sur ses longues jambes, fait semblant de ne pas nous voir. La porte du perron est ouverte, nous arrivons sous les combles en une minute, essoufflés et heureux d'être ensemble. Tout l'attirail de peinture de Chiffon est sorti au milieu de la chambre de Béguin : son bureau, sa chaise, les pinceaux, les aquarelles, les godets... Et surtout, à côté, toutes les cartes sont étalées. Il y en a une trentaine peut-être, toutes plus belles les unes que les autres, peintes sur des chiffons de différentes tailles, dont certains très irréguliers – des lambeaux magnifiés, qui s'effilochent vers la mer ou les montagnes. Je suis subjuguée par la finesse des traits sur ces trames grossières. Je ne sais rien dire, aucun mot ne sort de ma bouche. Seulement des larmes de mes yeux – en cascade. Et bientôt, ce sont carrément des hoquets qui me secouent.

« Qu'est-ce que tu as, ma banane ? demande Chiffon. Pourquoi tu pleures ? » Je ne peux pas lui répondre, mais je crois qu'il voit aussi le sourire qui se cache derrière mes larmes. Je finis par me calmer, et il me montre les cartes une par une, tout en racontant d'invraisemblables voyages. Tous partent d'un ruisseau dans la campagne, mais pas forcément le nôtre. Il y en a qui courent d'abord dans des prairies pour aller chatouiller de grands moulins tandis que d'autres sortent des parois d'une montagne avant de devenir torrents et de creuser des gorges. Il y en a qui naissent d'un lavoir – ça, ça ressemble quand même pas mal au nôtre – et qui finissent en canaux dans des villes qu'on appelle Amsterdam, Venise ou Amiens. Il y en a aussi qui commencent à la fontaine d'un village, d'autres encore qui jaillissent directement des entrailles de la terre. Ils immergent d'abord les herbes alentour, formant un gour puis des marais, mettent longtemps à se décider, puis cheminent finalement dans une douce plaine, descendent lentement jusqu'à la mer. Ils sont innombrables, ces ruisseaux, me semble-t-il, et je les aime tous. Mais il y en a un qui m'émeut particulièrement, c'est celui qui part d'une source dans la rocaille et qui disparaît aussitôt sous terre pour ne reparaître que tout au bord d'une rivière, à laquelle il se mêle discrètement, dans les joncs. Chiffon raconte comment ses eaux caressent les poissons sans être vues de quiconque, et coiffent les algues au fond du lit. Je m'étais calmée au récit des premiers voyages ; voici qu'à l'évocation de celui-ci, je pleure de plus belle.

« Ça va aller, Zizi, ça va aller, je te le promets », murmure Chiffon en me prenant dans ses bras. Je vois bien qu'il est ému lui aussi. Nous regardons les cartes à terre, et nous pleurons de joie.

3

À l'école primaire, j'aimais déjà l'odeur des cartes polycopiées, mais cette année, les cours d'histoire-géo de Mme Élise m'ont transporté dans une nouvelle dimension. J'adore la façon dont elle nous enseigne la préhistoire. Elle nous a montré des photos de parois recouvertes de peintures rupestres, et le projet de voyage scolaire dans les grottes du Lot au printemps prochain me tourne sans cesse dans la tête. Depuis le premier cours où Mme Élise a distribué des fonds de carte sur papier calque, je ne peux plus m'arrêter d'en dessiner... J'ai commencé sur mon grand cahier de travaux pratiques pendant les heures de permanence – quel beau mot, la « permanence »... Ça se passe dans la grande salle du réfectoire, rendue silencieuse par la vigilance des surveillants. Les élèves sont assis chacun à une table, empêchés d'être bêtes par les règles du silence... C'est merveilleux. Bref, j'ai commencé à dessiner en permanence, sur des fonds de cartes mal photocopiés, récupérés dans la poubelle de Mme Élise. Certains étaient à peine lisibles, je prenais plaisir à imaginer les frontières manquantes. Ainsi me suis-je retrouvé à dessiner autre chose que l'Europe ou la France, simplement des pays qui s'évanouissent, des continents qui ne se terminent pas. Au bout d'un moment, ces démarcations m'ont paru inutiles et je ne me suis plus occupé que des tracés naturels : rives et rivages, cours d'eau et montagnes. Concernant ces dernières, je me suis vite lassé des pointillés ou des zébrures qui figurent différentes altitudes, et j'ai trouvé un système de couleurs, de nuances. J'ai montré quelques-unes de ces cartes à Mme Élise, qui m'a encouragé, en me prêtant plusieurs livres, dont certains contenaient des cartes très anciennes – constellées d'écritures calligraphiées, de motifs et de créatures. C'était magnifique – mais moi, je ne sais pas faire des dessins figuratifs, je ne saurais pas embellir ainsi mes cartes.

Un soir, l'idée m'est venue comme ça dans mon lit, j'ai pensé à mes chiffons sales. Je me suis dit : les voilà, mes fonds de carte ! Dès le lendemain, je suis allé à la maison récupérer mes plus anciens chiffons, ceux que j'ai déformés bébé à force de les tordre et de les sucer, ceux que j'ai abîmés à force de les traîner derrière moi, ceux que j'ai tachés à force de m'en servir pour tout et n'importe quoi. Au début, aucun d'entre eux ne me disait rien de particulier. Puis j'ai repris l'un des chiffons qui m'avaient servi à éponger les premières fuites dans la maison. Le mélange d'eau et de fine poussière jaunâtre qui s'échappait de la chambre en bas avait laissé de longues traînées qui s'étiraient comme des bancs de sable. Plus je les regardais, plus ces traces me faisaient l'effet de caresses. Je ne sais pas pourquoi. Naturellement, c'est par lui que j'ai commencé. J'y ai vu l'ample mouvement des dunes du Sahara, que j'ai transformé en une petite chaîne de montagnes arides. Le trop d'eau dans la maison s'était ainsi métamorphosé en une sécheresse sur mon chiffon. J'étais assez fier de moi. Même si cette première carte textile était expérimentale, très imparfaite, elle est restée ma favorite. Et c'est la seule que je n'ai pas montrée à Zizi. Pas parce que j'aurais quelque chose à lui cacher, ça non ! mais Zizi a été si émue par la découverte de mes cartes que je sais bien que celle-ci aurait fini de la chambouler, tant elle me chamboule moi-même… Oui, je l'aime, cette première carte. Chaque fois que je la regarde, mon cœur se serre d'une manière inexplicable.

4

J'ai insisté, Chiffon a fini par accepter : il a montré ses cartes ce soir, à la maison. Jeanne n'arrêtait pas de s'exclamer : « Comme c'est joli ! Comme c'est coloré ! » Marcel était penché là-dessus comme sur un moteur de voiture, observant attentivement la mécanique des traits. Ferment regardait d'un œil distrait, mais on voyait que quelque chose en lui y revenait sans cesse, sans qu'il puisse fixer proprement son attention. Béguin, enfin, restait en retrait, un sourire au coin des lèvres. Je soupçonne cette saleté de les avoir déjà vues de nombreuses fois, sans avoir prévenu Chiffon de sa découverte – ni moi.

Ne sachant quoi dire, Ferment demande : « Et elle est au courant, la maîtresse ? » Béguin et moi pouffons de rire : Chiffon a des profs maintenant. Et elle s'appelle Mme Élise, celle qui enseigne l'histoire-géographie. Béguin l'a déjà eue deux ans, il paraît qu'elle est très gentille. Mais Chiffon ne s'offusque pas : « Oui, papa. Elle est au courant, elle m'a d'ailleurs prêté des livres.

— C'est bien, c'est bien », murmure Ferment d'un air accablé.

Jeanne voudrait que Chiffon lui cède une carte, pour l'encadrer et la mettre dans le salon. Chiffon blêmit, il n'ose pas dire non, alors c'est moi qui invente : « Non, tata. Ces cartes-là, ça ne se met pas sous vitre, sinon, elles moisissent… » Jeanne fait : « Ah ! » en levant le menton. Elle est évidemment déçue, mais ne le montre pas. Chiffon est autorisé à ranger ses cartes où il veut. Lui et moi pensons qu'elles ne peuvent pas être conservées ailleurs que dans l'ancienne maison. On décide quand même d'en laisser une dans la grotte aux tourterelles, cette espèce de cavité dans la cour, creusée à même la pente qui surplombe la nouvelle maison.

Chiffon en profite pour m'expliquer que le vallon dans lequel nous sommes a été creusé par le ruisseau du jardin. C'est difficile à imaginer, mais il y a une centaine de milliers d'années, il n'y avait là qu'un bon gros plateau calcaire bien épais en sédiments. Puis à la faveur des pluies, de l'épaississement du couvert végétal et des variations de température, des sources, des réserves d'eau se sont formées. Et il a bien fallu qu'elles coulent ! C'est le destin de l'eau, de s'échapper. Alors le ruisseau a commencé à se former. Au début, ce ne devait être qu'une rigole après les grosses pluies, un genre d'« arroyo » – il en connaît, des mots nouveaux, mon frère… – puis l'eau a fini par se faire un chemin pérenne. À partir de là, le filet s'est mis à rouler ce qui se trouvait à ses côtés ; particule par particule, il a usé, fatigué, suçoté le plateau, qui s'est laissé faire, qui s'est ouvert, qui s'est creusé…

En écoutant attentivement Chiffon, j'essaie de visualiser le travail du temps… et soudain, je comprends ! Je comprends que ce qu'on a toujours appelé colline, notre colline, n'a peut-être qu'un seul côté ! Chiffon réfléchit et dit : « Hmm… tu as probablement raison, ça demande à être vérifié. » Ce soir-là, nous rapportons les cartes sous les combles et demandons à Ferment l'autorisation de dormir seuls au cabanon. Accordée ! Béguin se joint à nous, sans se faire prier.

O

Ils ont allumé les lanternes au bord du ruisseau – lambeau dérisoire de moi-même, qui suis désormais sans os, brassant ailleurs tant d'autres flots

Mais ce soir, oui, je reflète la lune pour eux, comme je jouais autrefois du hochet devant leurs yeux. Comment me souvenir des soins que je leur prodiguais alors ? Lorsque j'étais leur mère, qu'ils étaient mes boutons d'or ?

J'ai aimé, je crois, porter ces petits êtres, avoir dans ma main l'entièreté de leurs têtes – et même les sentir bouger en moi avant de les connaître

Ferment, j'ai aussi aimé les concevoir dans le secret de notre chambre. J'ai aimé te voir en père ébahi, tendre et attentif lorsque nous étions tous à bord du même lit

Chaque enfant a été l'occasion d'un nouveau voyage dans nos identités mêlées. Tu étais si inquiet lorsque je portais Zizi. Moi, j'étais alors si lourde et si légère, abandonnée au désordre annoncé de la fratrie

Tu te demandais où nous allions loger ce nouvel enfant, s'il fallait quitter la maison que tu avais choisie. Puis tu te souvenais de nos enfances transbahutées, des arrachements successifs qui gênaient tes voyages immobiles. Et, pour eux, non, tu ne voulais pas ça. Alors tu faisais des plans anxieux pour agrandir notre logis

Moi, dans la gaieté qui accompagne certains moments de la grossesse, je me voyais comme un bateau descendant le cours d'un fleuve. Je me disais : « Oui, ça tanguera peut-être quand nous passerons l'estuaire », Béguin et Chiffon étaient là pour ajouter : « La mer est salée, on le sait, papa. On peut boire la tasse – puis la recracher, si ça ne va pas »

Quelque temps plus tard, c'est moi qui, tout à coup, ai pris peur : tu t'es mis à tousser, un truc versé dans ton verre a failli te noyer. Tu es revenu à toi en souriant, tu as promis d'arrêter ce qui pouvait nous mettre en danger. Tu as continué de fumer, mais tu as jeté les poudres et les cachets. Qui donc t'avait donné cela ? Ces souvenirs se brouillent, ne m'intéressent pas…

Je me souviens seulement de toi. Tu pesais lourd parfois, Ferment – mais ce poids me rassurait, il m'ancrait comme un pieu au lieu qu'on habitait

Quand Zizi est née, c'était presque Noël. Un peu serrés du porte-monnaie cette année-là, nous l'appelions « notre cadeau » pendant que les garçons jouaient avec l'énorme camion de chantier que tu leur avais acheté d'occasion

Dès le printemps, ce fut un bonheur d'entendre gazouiller notre troisième enfant, tandis que ses frères s'aspergeaient grâce au tuyau-pompe que tu avais bricolé entre la terrasse et le ruisseau

À l'été, si je me souviens bien, nous avons eu un chien, qu'il a fallu donner deux ans plus tard quand il a mordu un mollet, une joue, sans qu'on sache s'il était vraiment méchant, ce clébard – trois enfants, c'est cruel, parfois…

Je ne sais pas pourquoi tous ces souvenirs reviennent maintenant. J'ai l'impression que c'est la dernière fois. Pour être honnête, Ferment, maintenant, tout ça, je m'en fous. Je ne regrette pas ce temps-là. Les enfants ont grandi, ils n'ont plus besoin qu'on s'en fasse tant

Et toi, je te vois, tu sais, dans ta serre, la nuit. Tu me cherches dans le terreau, au fond des fleurs exotiques, dans la glu des plantes carnivores. Tu égraines les mottes comme mes chairs autrefois et tu ne vois même pas que je coule encore en toi

Car si les femmes sont aqueuses, Ferment, il m'apparaît maintenant que les hommes sont aussi variqueux que certaines plantes, pleins d'une sève lente qui les nourrit. Regarde Béguin grandir, regarde comme il regarde Elvire. Quelque chose bat en lui, qui va l'emporter

Il faudra que tu sois brave alors, il ne faudra pas le retenir. Nous débordons tous un jour du lit qui ne peut plus nous contenir. Oh, Ferment… si tu savais comme je danse là-bas, dans le grand large et le froid. Comme je t'aime aussi – et comme je m'abreuve au brouillard de tes nuits…

Il est temps, maintenant –
adieu, Ferment

5

Ce soir, Béguin est venu avec nous au cabanon, mais il n'est pas resté longtemps. Il a allumé les lanternes au bord du ruisseau, nous a dit de souffler sur la surface de l'eau et de faire un vœu, parce que c'était la pleine lune. Chiffon et moi avons gardé les yeux fixés sur les reflets en pensant très fort à ce que l'on souhaitait – espérant que la brise se lève pour nous exaucer. Finalement, la seule chose qui est arrivée, c'est que Béguin nous a fichu le museau dans l'eau glacée ! Beau joueur, Chiffon a ri, mais pas moi. Je râlais et j'ai même pleuré, parce que je n'aime pas tellement être surprise dans le noir. Pour se faire pardonner, Béguin m'a saisie entre ses bras, il m'a portée jusqu'au cabanon puis m'a installée devant le vieux chauffage à pétrole, le seul que papa n'a pas encore emmené dans le sous-sol – le « terrarium », dit Béguin. « Parce que je suis sûr qu'il y a maintenant des bêtes, dans son truc là-haut ! » ajoute-t-il, moquant ouvertement l'entreprise de Ferment en me séchant les cheveux. Chiffon se réjouit : « Si tu dis vrai, ça va faire de la bonne nourriture pour les hérissons, ça… » Moi, l'idée de tomber sur des insectes ou des grenouilles en rentrant dans la maison, ça me fout les jetons – et je le couine sous la serviette. « Ce qui tombe bien, c'est que personne ne te demande d'y aller toute seule, s'agace Béguin en me repeignant grossièrement.

— T'inquiète, de toute façon, on a d'autres projets, l'interrompt Chiffon. Hein, Zizi ? »

Et il explique à notre frère : « On pense que notre colline n'en est pas une et on prépare une expédition.

— Une expédition ?

— Oui, je reprends avec conviction pour faire oublier que je suis pétocharde. Chiffon dit qu'ici, où on habite, c'est juste une faille qui s'est formée dans de vieux sédiments. Et depuis, je pense qu'on devrait aller vérifier de l'autre côté des bois. »

Béguin nous regarde comme si on venait de lui annoncer qu'on s'apprêtait à rejoindre Peter Pan et sa bande. « Super, les aventuriers ! Ça a l'air dément, vous me raconterez. En attendant, moi, je dois me sauver.

— Tu n'aurais pas envie de venir avec nous ? demande Chiffon. On pensait y aller demain après-midi, mais ça peut attendre samedi.

— Non, non… Faites ça sans moi, dit Béguin. J'ai un truc à vérifier de mon côté. Dès ce soir, d'ailleurs. Bonne nuit, hein ! »

Béguin sort précipitamment du cabanon. Chiffon et moi, on se regarde, un peu interloqués. On se demande parfois si Béguin ne se sert pas de nous pour vivre ailleurs. Avant de prendre l'une des cartes de Chiffon pour préparer notre expédition, nous sortons une dernière fois regarder la lune en silence. Assis dans l'herbe humide, nous entendons soudain un pas furtif dans l'allée : c'est Ferment qui monte à sa serre, des outils à l'épaule. Il croit que personne ne sait qu'il passe à présent une bonne partie de ses nuits là-haut. Pourtant, c'est facile à deviner : le matin, il a les yeux cernés, ainsi que de la terre sous les ongles. Et maintenant que j'y pense, c'est vrai : je vois parfois des moucherons qui s'envolent de ses cheveux lorsqu'il fait semblant de sortir de sa chambre tout ensommeillé. Jeanne ne comprend pas d'où viennent les petites bêtes qui volètent dans la salle de bains. Je lui dirai demain : du *terrarium*.

6

Odile, je mange les plantes de la serre maintenant. Les feuilles, les fruits, les tubercules, certaines fleurs aussi – je bouffe tout. D'abord, je cultive, j'arrose, je prends soin. Puis un jour, je cueille, je cuis ou fais sécher – et je mange. Je bois aussi de temps en temps. Des décoctions, des tisanes. Souvent des plantes exotiques, des trucs asiatiques ou andins. Je ne fume rien – trop mauvais pour la santé. J'évite aussi les essences toxiques. Mais tout le reste, tout ce qui est possible, j'essaie. Oh, je ne dis pas que certaines de ces plantes ne sont pas légèrement hallucinogènes, mais ce n'est pas ce que je cherche… Ce que je cherche, Odile, j'ose à peine le dire, c'est à dévorer les entrailles de notre maison.

Ces trois derniers mois, tu dois le savoir, j'ai saccagé la dalle, sorti le remblai, ravagé les fondations. Et tout ça pour quoi ? Au début, je voulais simplement faire un chemin pour la source, la laisser couler librement – l'accueillir avec autant de délicatesse que Marcel l'avait fait dehors sur la terrasse. Un petit canal, un bassin, des nénuphars… C'est joli, ce qu'il a construit. Alors je m'étais dit : pourquoi ne pas faire la même chose dès son apparition, à cette source domestique ? Mais quand j'ai commencé à vouloir aménager le sous-sol, les tranchées sont tout de suite devenues troubles, crayeuses… Et puis c'était sombre, là-dedans. Je travaillais toute la journée, je ne supportais plus le contact du gravier froid et du béton. Alors j'ai creusé plus profondément – carrément jusqu'à la terre meuble et grasse. Je l'ai fait remonter, cette bonne terre, puis j'ai amené de la chaleur et de la lumière. L'eau de la chaudière et les lampes à incandescence ont tout de suite produit leur effet, l'atmosphère est devenue douce et tiède. Ça m'a rappelé les serres qu'on avait visitées une fois ensemble, avec les enfants. Tu avais aimé cette ambiance calme et lumineuse. J'ai cru que j'allais parvenir au même résultat. Que j'allais pouvoir faire pousser des plantes et que ça allait m'apaiser, dissoudre cette boule que j'ai au ventre depuis que tu as disparu. Est-ce bien une boule au ventre, d'ailleurs ? C'est plutôt comme un trou sans fond, un truc qui, chaque matin, menace de m'aspirer…

Enfin, dans tous les cas, je me suis trompé. Ça ne m'apaise pas du tout, ce petit jeu là, Odile. Caresser la source dans le sens du courant, faire pousser toutes sortes de plantes que je digère méthodiquement, ça ne me rend pas meilleur ni plus serein. Ça m'oppresse même, car parfois, je ne pense vraiment qu'à ça. Tu vois, là par exemple, je t'écris, et en même temps, une voix à l'intérieur de moi susurre : « *… le palmier cycas se dessèche… si tu veux manger ses feuilles juteuses, il faut que tu orientes différemment l'air et l'eau qui* *lui arrivent… tu n'es pas bon à grand-chose, si tu ne sens pas mieux les besoins de tes plantes…* » C'est une litanie sans fin. Lampes, ventilateurs et pompes… tout ça fonctionne sur générateur nuit et jour, Odile, et je pense à installer des détecteurs d'humidité. C'est cinglé.

SUR LE DOS DE LA COLLINE

1

Il ne faudrait pas croire que Chiffon et moi sommes naïfs. Nous y avons réfléchi tout l'hiver, en attendant le bon moment pour ressortir : nous savons bien que la carte que nous tenons entre nos mains n'est pas celle du paysage qui s'ouvre à nous cet après-midi. Comment pourrait-elle l'être, puisque Chiffon l'a dessinée à main levée, suivant simplement le tracé d'une tache sur un tissu ? Mais c'est le premier jour du printemps, et voilà, nous longeons les courbes du relief. Nous le faisons avec une conviction, un acharnement qui nous étonne nous-mêmes. Au début, c'est très facile, nous connaissons les chemins et sommes parfaitement libres de les réinterpréter à notre guise. Le chemin des sources est devenu une piste forestière ; le bois, une immense forêt ; les sentes qui le pénètrent entre ronces et fougères sont maintenant des gorges ou des lignes de crête – selon les besoins de la carte.

Quand nous venions autrefois avec Béguin, nous nous amusions déjà. On explorait le sous-bois, on s'y cachait, on cherchait les trous de renards et de lièvres, on escaladait les vieilles souches, les jeunes arbres, on arrachait les lierres, on s'accrochait aux lianes. De temps à autre, on trempait nos pieds dans l'affleurement des sources. Cet après-midi, l'aventure est plus vaste. Grâce à la carte de Chiffon, on oublie que cet endroit nous est familier, on se laisse surprendre à chaque détour du sentier. Et au moment où le bois s'arrête à l'orée du champ, on sursaute presque – comme si un désert venait de surgir sous nos yeux.

On hésite à s'engager. Il serait rassurant de retourner dans le vallon que l'on connaît. Il suffirait de se laisser glisser par le côté, sur la pente que l'on vient de grimper, et de retrouver notre ruisseau.

Chiffon et moi nous regardons une dernière fois, puis nous élançons à travers le champ non labouré. Il reste encore par endroits de vieilles tiges de blé coupées, qui craquent sous nos pas. Là-haut, quelques arbres plantés en bosquets font des cheveux à la colline et c'est vers eux que le tracé de la carte autant que les sillons nous mènent. Nous avançons d'un pas déterminé, malgré une légère appréhension à quitter notre bois. Oh, bien sûr, ce n'est pas une grande ascension, avec des cordes et des relais. (C'est Chiffon qui me parle de « cordes » et de « relais » tandis que nous progressons, car il paraît que c'est comme ça qu'on attaque les montagnes quand on veut s'y mesurer.) Nous, on y va pépère, un pied après l'autre. On a le temps, parce qu'on sait que là-haut, les bosquets ne vont pas s'en aller, que le temps ne va pas tourner. Mais tandis qu'on s'approche, et qu'un nuage vient justement cacher le premier soleil de printemps, je demande quand même à Chiffon : « Tu crois qu'on est déjà allés jusqu'à ces arbres ? » Chiffon réfléchit longuement et dit : « Oui, regarde, il y a des traces de pneus… Comme si des engins étaient déjà passés. » Il parle des marques laissées par le tracteur de l'agriculteur. « Non, je veux dire *nous*, toi et moi, quoi...

— Ah, nous ! s'exclame-t-il en riant. Hmm, oui, certainement. Pourquoi tu demandes ça ? »

En se tournant vers moi, Chiffon s'aperçoit que je tire un peu la patte et s'arrête pour me remontrer la carte. Juste avant qu'une salissure s'estompe pour laisser place au blanc, Chiffon a imaginé quelque chose qui pourrait être un grand lac. « Un grand lac en haut de ce champ ? Ça m'étonne.

— Un lac d'altitude, peut-être... songe Chiffon à voix haute, repris par ses fantasmes de montagne.

— Tu rêves, dis-je, pour le ramener à notre colline. Par contre, l'autre jour, tu as parlé d'un bassin pas très loin. Tu penses que ça peut être ça, là-haut ? Un bassin à poissons ? »

Chiffon se met à rire : « À poissons et à oursins fossiles, oui... Allez, viens ! » Et l'on se remet à marcher vers la crête. Arrivés en haut de la colline, le constat est implacable : pas de lac d'altitude, pas de bassin, pas d'eau – juste d'autres champs, plus ou moins verts ou marron, qui courent derrière les arbres, en une vaste étendue monotone. L'horizon plat se referme là-bas, à perte de vue. Et oui, nous sommes déjà venus ici, des dizaines de fois : c'est l'endroit depuis lequel on voit le château d'eau qui se dresse comme une vieille botte grise et renversée sur le plateau. Celui-là même qui nous accueille au retour des vacances à la mer, quand Ferment passe par les routes de campagne. Pour une première expédition, quelle déconvenue...

2

Sur le chemin du retour, Chiffon et moi ne parlons quasiment pas. Je me sens abattue, fourbue, et ne comprends pas comment on a pu se fatiguer autant pour finalement n'arriver qu'en vue de ce stupide château d'eau… En sortant du bois, je n'ai même pas envie de repasser par la chambre des cartes, je laisse Chiffon y aller tout seul, tandis que je rentre à la maison. Jeanne est toujours dans la cour, à jardiner dans la rocaille. J'ai dans l'idée de passer sans me faire remarquer, mais quelque chose m'arrête. Ai-je mal fermé le porche ? Un chien m'a-t-il suivie ? Non… C'est tata qui pleurniche. Je ne peux quand même pas l'ignorer.

« Tata ? » Elle sursaute. « Mais qu'est-ce que tu fiches, à pleurer dans la rocaille ?

— Oh, oh ! Je ne pleure pas, esquive-t-elle en souriant. J'arrose simplement les pensées que j'ai mises en terre récemment… »

Là, je ne peux rien dire, parce que je vois bien qu'elle ne cherche même pas à mentir… Je commence à la connaître, tata : elle sourit souvent, même quand elle pense à maman, même quand elle attend Michel qui ne vient pas, même quand elle se fait du souci pour Ferment ou Marcel. Parce que Ferment, souvent, passe la nuit dehors ou dans sa serre. Personne ne lui en veut, mais on aimerait bien le voir moins fatigué au matin. Quant à pépé, il s'absente maintenant de temps en temps, pour voir un médecin qu'il connaît, dans son ancien village. Il est un peu gris, un peu jaune parfois.

Lorsque je lui demande ce qui ne va pas, il dit : « Ne t'inquiète pas, choupette. C'est la vieillesse. » Je n'aime pas trop ça, mais je fais quand même une blague sur la couleur de ses moustaches et la longueur de ses oreilles. Il me répond d'un bout de nez volé entre ses doigts et l'on repart faussement rassurés, vraiment heureux de se connaître.

Tata finit par se moucher et sortir de la rocaille. Elle veut me préparer un goûter, mais je n'ai pas le cœur à ça – surtout qu'avec Chiffon, on avait emporté plein de biscuits et de chocolat, et que là-dessus, on ne s'est pas ratés en arrivant près du bois.

3

En rentrant pour le dîner, je trouve Zizi endormie sur son lit, la joue posée contre la carte qu'on avait cachée dans l'ancienne cage aux tourterelles. Comme elle a bavé dans son sommeil, l'un des petits cours d'eau s'est transformé en une large rivière – c'est très beau. Je récupère la carte sans la réveiller et descends dîner avec les autres. À table, Ferment demande ce que nous avons fait cet après-midi pour que Zizi soit si fatiguée, alors je lui raconte la piste dans les bois, l'ascension sur la colline. « C'est quand même pas la première fois que vous montez en haut du champ au père Muret ? » s'étonne papa. Béguin vient à la rescousse, avec son style délicat : « Les bébés, c'est ainsi : ça se fatigue plus vite quand on ne les porte pas.» Tante Jeanne a une question : est-on bien sûr que tout est sans danger, là-bas ? «Sans danger ?» relève Ferment. Et il sourit dans sa serviette. «Si Muret n'est pas soûl sur son tracteur, je ne vois pas bien ce qui peut arriver là-haut… à part de se faire chier dessus par un corbeau.» Ferment n'est pas d'une humeur commode, alors pour détendre l'atmosphère, pépé entame le récit des huit cent mille coups qu'il a accomplis dans son enfance en Normandie. Les bandes de gamins autour des fermes, les plongeons forcés dans la rivière, les glissades sur les chemins embourbés… Jeanne lève les yeux au ciel : je crois que les manières frustes de notre père et les histoires de garçons vachers de pépé l'agacent. Alors, pendant que Ferment et Marcel se marrent comme des sales gosses, je lui glisse à l'oreille : «Ne t'inquiète pas, tata… Je n'emmènerai jamais Zizi sur des pentes instables ou des rives qui se dérobent.» Elle me regarde avec douceur et se lève, en me demandant de débarrasser la table, car elle doit finir un travail. Je l'ai déjà vue faire : tante Jeanne est expert-comptable. Elle manipule des registres et des tableaux de chiffres, et doit parfois, très calmement, sermoner des clients par téléphone. À cette heure-là, ce ne sera sûrement que de la consultation silencieuse de livres de comptes.

En remontant dans ma chambre, je passe devant celle de Zizi, qui dort toujours. Qu'a-t-elle compris de notre expédition de cet après-midi ? Elle avait l'air déçue en revenant. Pourtant, ce que nous avons vu là-haut était magnifique ! Cette mer de nuages qui roulait sur l'horizon sans fin, cette vue sur le bassin… C'est vrai que la pente est si douce, à partir de là-haut, qu'on ne voit pas tellement comment l'eau peut se laisser verser jusqu'à notre ruisseau et le fond de notre jardin. C'est pourtant bien ce qui se passe, et je le visualise dans le paysage pour la première fois.

Ce n'était pas idiot, d'imaginer une grande étendue d'eau là-haut. Elle a bien dû exister d'ailleurs, puisqu'en rentrant j'ai trouvé deux fossiles de coquillages dans le champ. Je n'ai pas eu le temps de les montrer à Zizi, alors je les dépose près de son lit ; elle les trouvera en se réveillant demain matin.

Avant de me coucher moi-même, je regarde un peu mieux la carte aux tourterelles. Pourquoi l'avions-nous mise de côté, déjà ? Ah oui, je me souviens : parce qu'elle semblait être la seule à dessiner vraiment la colline au pied de laquelle nous habitons désormais. Il fait nuit, mais depuis la fenêtre de ma chambre qui donne sur la cour et les noisetiers qui surplombent la maison, je constate encore que cette côte est plus abrupte que celle d'en face. Nous n'allons quasiment jamais dans le jardin tant la pente est raide. Je me demande comment les vieux noyers plantés là-haut tiennent encore, alors que dès qu'ils tombent, leurs fruits, eux, roulent jusqu'en bas – on en trouve ces jours-ci jusqu'au milieu de la cour, dans leurs bogues vertes et lisses. Je m'aperçois que cette pente est aussi sur le versant le plus sombre du vallon et, même sans sources abondantes, sans doute le plus humide. En hiver, seuls les noyers du haut reçoivent la caresse des derniers rayons du soleil. Ce sont eux, sans doute, que j'ai représentés par d'amples bouquets verts et lumineux, tout en haut de la carte…

J'ai sommeil. Je regarde le tissu et j'essaie de me souvenir d'où il vient, comment la trace première, le fond primitif s'est dessiné.

C'est une serviette éponge très élimée, qui devait se trouver dans la chaufferie, au bas de la grande armoire métallique où Odile entreposait le vieux linge. Nous avions le droit de puiser dans cette réserve pour les besoins de nos jeux, à condition de ne pas déranger les piles. Cette vieille serviette là doit venir de leur mariage, car nous en avons toute une série, avec des fleurs roses ou bleues. Les petites se sont usées plus vite que les grandes, et beaucoup ont des trous naissants dans la trame... C'est le cas de celle-ci, en tout cas, à plusieurs endroits et c'est pour ça que maman avait dû la mettre au rebut. Mais quand l'ai-je sortie du placard pour la première fois ? Était-ce du temps où elle était encore là ? Ou plus tard ?

O

J'ai balayé le haut des noyers, et voilà que je cogne à une fenêtre fermée. Derrière, un enfant dort sans avoir fermé les volets. Sa lampe de chevet est encore allumée, il a sur les genoux, juste sous sa tête penchée, une vieille serviette constellée de taches

À la fenêtre d'à côté, une petite fille dort dans le noir. C'est sa tante qui l'a déshabillée, et fourrée dans des draps. Elle rêve d'un sous-bois lumineux. Un tapis de feuilles craque sous ses pas, tandis qu'elle court derrière un lapin échappé d'une vasque en marbre...

Jadis, j'ai dû avoir un lien avec tout ça, ces deux enfants-là et la façon dont, cette nuit, ils hantent le paysage. Mais ce soir, je ne suis qu'un souffle, un vent faible qui enrage de ne pouvoir mieux appeler l'orage

4

Tout m'énerve. Jeanne et sa vigilance soucieuse, Chiffon endormi sur sa vieille serviette dégueulasse, Béguin et ses airs de se foutre de tout… et maintenant, ce volet qui claque. Il n'y a que Marcel qui me détende un peu – et le vin à table, c'est vrai. Tu fais chier, Odile. Tu disparais, tu me laisses les mômes, tu m'envoies ta sœur et un beau-père sorti d'un paquet de lessive, comme un cadeau Bonux. Qu'est-ce que je fais de tout ça, merde ! C'est beaucoup, c'est trop… et si peu à la fois.

Tu me manques. J'en suis rendu à un état de sourcier fou, qui essaierait de prouver qu'une fuite sur un coteau peut nourrir un jardin luxuriant sans la lumière du jour… Odile, mes ongles sont noirs, je suis tout le temps fatigué. Au lycée professionnel, mes collègues et mes élèves me regardent avec pitié. Je n'ai plus le goût à autre chose qu'améliorer des systèmes de gouttières et de ventilation – pour des plantes qui crèvent souvent avant de donner la moindre fleur, le moindre fruit. La seule chose qui pullule là-haut, c'est les colonies d'insectes et les lombrics.

Je suis fatigué, Odile, si fatigué. Rien que ce volet qui claque, là, ça me donnerait envie de me flinguer…

5

J'ai faim ! J'ai faim et il fait nuit. Je suis dans mon lit. J'attends un petit peu. Quelque chose claque quelque part – c'est peut-être ce qui m'a réveillée. Si j'avais l'heure, ce serait sans doute une raison de rester couchée, mais les aiguilles de ma petite montre grenouille sont arrêtées… Je choisis de me lever.

J'allume la lampe de chevet, je cherche mes chaussons. Une chance ! ils sont au pied du lit. En plus, il y a deux jolis cailloux dedans. Et ma robe de chambre est posée sur la chaise juste à côté – on dirait que la nuit m'attendait.

Pour ne réveiller personne, je prends dans mon tiroir la lampe frontale que Ferment cherche tout le temps. Je la lui chipe souvent. Comme ça, quand il en a vraiment besoin, je peux la lui donner. Je sors de ma chambre à pas de cyclope – Chiffon dort dans la sienne, la tête posée sur la carte aux tourterelles. La chambre de Béguin est trop loin dans le couloir, j'ai la trouille de pousser jusque là-bas dans l'obscurité. Mais les ronflements de Marcel m'indiquent que tout va bien vers le fond de la caverne.

En arrivant près de la chambre de Ferment, j'hésite… Je pousse la porte quand même – il est là, un carnet ouvert dans son lit et un stylo sur l'oreiller, qui est en train de fuir. Je m'approche pour l'enlever, puis je me ravise : n'est-ce pas une surprise pour Chiffon ? En le regardant dans le rond de ma lampe, le visage de papa me paraît plus apaisé dans le sommeil qu'il ne l'est jamais durant la journée. Je vois de petits poils blancs à son menton, parmi les autres, bruns et dorés. Je vois aussi les deux vagues qui se creusent en haut de son front, au-dessus des rides. Il a moins de cheveux qu'avant. Mais il est beau quand même. Il a maintenant quelque chose de broussailleux qui donne envie de se réfugier dedans. Je n'ai plus si faim… Je crois que je préférerais dormir.

J'ôte le stylo qui a lâché assez d'encre pour dessiner un lac ou une caverne sur la taie d'oreiller, je dépose le petit carnet par terre et me glisse près de mon père qui, en se retournant, cesse tout ronflement. Il n'y a plus aucun bruit dans la maison à présent. J'éteins mon œil frontal et me fonds dans le sommeil épais de la chambre.

O

Jeanne, tu travailles encore au milieu de la nuit, t'assommes sur tes tableaux de chiffres et tu as besoin d'un peu d'air frais. J'étais dehors – petit vent aux aguets, à qui tu viens d'ouvrir un passage par la fenêtre

Comment puis-je encore me souvenir de toi ? Et de notre mère qui s'obstinait à nous mettre des chaussettes qui nous laissaient les genoux à l'air, quand nous aurions voulu cacher nos jambes maigrelettes ?

Tu étais la plus jeune, et maintenant c'est toi qui as pris place auprès de ma famille, et qui fais la louve aussi bien que moi. Même si, ces temps-ci, tu as les larmes faciles et que ça t'agace

Tu ne peux pas savoir que c'est juste un peu de moi qui se glisse par tes interstices, que c'est avec toi que je partage encore des élans, des pudeurs, des caprices. Tu ignores à quel point cette nuit, ta présence m'apaise

J'ai claqué longtemps le même volet pour dire mon impuissance à pénétrer cette maison et la danse nocturne de tous ces corps qui, il n'y a pas si longtemps, étaient miens – les corps de Zizi, Chiffon Ferment et Béguin. À présent que tu as ouvert la fenêtre, Jeanne, je circule librement tout au long de la galerie qui vous sert d'abri

Je commence à souffler sur toi, mince filet d'air te soutenant la tête. Je veux te soulager. Aucun chagrin ne pèsera plus sur toi, maintenant qu'après avoir été l'eau, je puis être le vent

Pour Ferment non plus je ne m'en fais pas. Il ne le sait pas encore, mais quelque chose pousse en lui et le sort de son brouillard. Je vois dans l'instant de ses rêves deux oiseaux qui volent l'un vers l'autre

Deux oiseaux qui ignorent tout l'un de l'autre, chacun étant persuadé d'être seul dans le ciel du matin. Moi, je suis le vent et je les porte l'un vers l'autre. Aucun oiseau n'est fait pour vivre isolé trop longtemps

Et toi, Jeanne, tu prendras le même envol. Tu n'as pas à demeurer sans homme, sans amour, sans désir d'écrire la vie autrement qu'en chiffres. Ton professeur de maths me plaît. Il a un détachement discret, ce corps un peu replet qui fait les bonnes demeures des femmes inquiètes. Il fuit parfois un peu, mais quand il sourit et te presse, Jeanne, ses yeux laissent passer le flot de son âme. Ne me demande pas comment je sais cela. D'où je suis désormais, je vois ce que j'ignorais auparavant

Je devine même les choses douloureuses à présent, comme la faille qui s'ouvre en Béguin ces temps-ci. Si tu regardes par la fenêtre, tu le verras rentrer d'une virée nocturne par la cour. Il pleure, parce que Elvire ne veut pas de lui. Ces derniers mois, elle l'a laissé approcher. Ils ont ri, ils se sont embrassés, mais finalement, elle se dérobe. Béguin est un garçon raisonnable, drôle, attentionné, mais sous l'emprise de l'amour, il devient nerveux, maladroit. Cette nuit, Elvire a pris peur. Elle a fui du rendez-vous qu'ils s'étaient donné au lavoir, et ne viendra plus. Béguin l'a compris, et cette pensée le déchire au milieu de la nuit

Maintenant, ferme tes registres, Jeanne, tu vas pouvoir dormir. Attends juste un instant avant de rabattre la fenêtre complètement, j'ai encore un espace à visiter. Elle est longue, cette galerie que vous habitez. Celui qui gronde au fond n'est pas mon père, je le sais maintenant. Mais il vous est si proche que ça le rend encore plus précieux. Il porte en lui un mal sifflant et qui serpente. Il l'a compris, à moitié, et ne veut pas y penser. Vous ferez de même

À présent, je passe par l'espagnolette, c'est bien assez. Ne t'inquiète pas, Jeanne. Une dernière caresse sur tes épaules, un dernier frisson sur ton échine ; je suis heureuse de t'avoir revue, frangine. Je prends avec moi les rêves des deux petits, celui de Chiffon, celui de Zizi. Ils sont fous, ces deux-là ! Emplis d'eau et de marais spongieux, habités par des brumes sans mémoire, ils voyagent dans des paysages qui sont comme eux, sans âge ni origine

Je suis le vent, Jeanne
Et je vous emporte tous
plus loin encore
là où le chagrin et la mort
ne sont plus rien

PAR EAUX VIVES, MARES ET LAVOIRS

1

Elle ne m'est rien, cette fille. C'est juste parce qu'elle habite le même trou que moi que je suis tombé sur elle un jour. Ça m'a occupé un peu, et après ? Maintenant, je m'en fous. Elle ne sait pas ce qu'elle veut et moi, de toute façon, je déteste ses cheveux. Trop lisses, et d'un blond qui sous la lune devient verdâtre. Qui peut avoir envie de s'enfouir là-dedans ? Même si ça sent un peu le miel, en vrai, c'est écœurant. Sans parler de cette peau blanche, presque livide par endroits. On croit que ça va frémir sous les doigts et, à la place, ça vous glisse entre les pattes – pire qu'une anguille. Son regard est vitreux, plein d'une fièvre inutile et de sentiments feints. Elvire n'a aucun intérêt, elle ne vaut la peine de rien. Depuis une semaine, j'écume le village, je m'éreinte sur les chemins. Toutes les nuits, je cours.

Le premier soir, je retourne au lavoir où elle m'a largué. La lune encore pleine se reflète dans le rectangle d'eau irisée : un courant d'air agite la surface, comme pour m'empêcher d'y retrouver les images, les sensations de la veille. Ça me met en rage. Et au lieu d'oublier Elvire, j'imagine que je lui cogne la tête contre la margelle.

Dans ma vision brouillée, une matière visqueuse lui sort du crâne – comme cette gélatine qui entoure certaines algues. Je veux nettoyer mes mains, les plonge depuis le rebord de pierre... et seulement alors ma rage se dissout – dans la fraîcheur de l'eau, la douceur du bassin. Je ressors de là un peu groggy, les mains engourdies, et je titube dans les rues du village. Je ne sais plus où aller. Je veux seulement éviter de passer devant chez elle.

Elvire habite une grande maison, sur la place principale. La fenêtre de sa chambre est visible depuis la rue, juste derrière le grand portail. Pour ne pas l'apercevoir, il suffit de longer la mairie et de prendre par la côte de l'église. En passant par là, on ne croise jamais personne le soir – sauf la mère Gascoin, qui sort parfois de chez elle en chaussons, avec des bas de contention trop fatigués pour atteindre l'ourlet de sa robe à fleurs. La mère Gascoin fait peur aux enfants, parce qu'elle a un chignon gris et qu'elle gueule contre quelqu'un qu'on ne voit pas. Le cafetier dit qu'elle parle à son mari, mais ça doit faire quinze ans qu'il est mort, cet homme-là. Moi, elle ne m'effraie pas. Et même, je crois que je l'aime bien, la mère Gascoin. Parce qu'elle se fiche de ce qu'on pense d'elle. Elle ne craint pas non plus le fantôme qui lui tient compagnie : elle l'engueule. Bref, ce soir-là, je rentre à la maison par la côte de l'église et, pour la première fois, je réalise que ce passage s'appelle rue Saint-Martin. Comme moi.

Le deuxième soir, je prends le même chemin et je continue jusqu'à la rue des Lombards. À droite, il y a une impasse qui mène à un autre lavoir. C'est là qu'Elvire et moi on rencontrait souvent son copain Johnny. Un gars sympa, qui bricole les mobylettes et dit qu'il faudra bien, un jour, s'arracher de là – je suis bien d'accord avec lui. Je le vois. Il est là, à fumer tranquillement sur les marches.

« T'attends quelqu'un ? » que je lui demande, pour cacher ce qui m'oppresse.

— Non, Elvire ne sort pas le soir, qu'il me répond. Sauf quand elle a le béguin, et ce n'est pas pour moi… » Johnny se marre. Il a l'air de savoir. Je n'ai pas envie de parler d'elle, et Johnny le sent. On cause de tout, de rien.

Soudain, il me demande des nouvelles de mon père. Johnny est l'un de ses élèves, au lycée professionnel. La question m'embarrasse… Comment lui dire que je n'en sais rien ? Je ne réponds pas. Comme pour me rassurer, il continue : « On l'aime bien, ton paternel, au lycée. Il a l'air un peu brindezingue, comme ça, mais c'est un des rares profs qui ne nous prend pas pour des cons. Je ne l'ai pas en atelier cette année, mais des potes à moi l'ont depuis trois ans. Et ils disent qu'il est un peu *space*, ces derniers temps… » Johnny a la délicatesse de ne pas évoquer la disparition d'Odile. « Un peu *space*, c'est ça », je réponds. Johnny doit y aller, il se lève tôt demain. Il remet son casque sans lâcher des dents son mégot rougeoyant, démarre au kick, me fait un signe en s'éloignant. Je reste un long moment assis sur les marches du lavoir, à écouter sa mobylette tronçonner le silence de la nuit. J'ai l'impression de l'entendre par à-coups jusqu'au plateau de Soinville. Avec le vent, c'est fou comme ça résonne, un trou comme le nôtre…

Le troisième soir, marre des lavoirs. Je monte directement par le jardin en pente. On dirait que la maison est là depuis si longtemps que la colline lui tombe dessus. Ça me donne envie de me tirer encore plus vite, tiens… Je suis l'allée qui mène au terrain des noyers. Ici, c'est un peu plus sauvage qu'en bas. L'ombre des arbres ne laisse pas le choix : il faut marcher dans le noir. Une fois sorti de là, il n'y a qu'un mince fourré à traverser pour rejoindre la route départementale. C'est presque le haut de la crête. Quelques maisons se cachent encore dans un petit bois et, derrière, un chemin mène à une carrière abandonnée. On venait y extraire du sable et de la craie. Maintenant, c'est un terrain de cross. Quand il pleut beaucoup, une mare se forme au fond. J'ignore ce qui m'a mené là, au bord de l'eau verte, stagnante. Des feuilles pourrissent à la surface. Dans la faible lumière de la lune, elles me font penser à des poissons morts, le ventre à l'air. Dans quelques mois, j'aurai quinze ans. J'aimerais que Ferment m'offre une petite moto. Je ne sais pas s'il sera d'accord. Sans parler de Jeanne, qui va s'affoler. Mais si je travaille tout l'été pour me la payer, qui pourra s'opposer ?

Le quatrième soir, j'attrape mon vélo sous le porche et je pars par la route. J'ai besoin de prendre le large, de sentir le vent dans mes cheveux. Je monte la côte Saint-Martin, puis la rue des Lombards. Je dépasse la maison du ferrailleur et le stade, je roule à toute vitesse vers Faisneville. Il y a là-bas un lavoir en extérieur, maintenant simple bassin à poissons. La lune, qui a encore décru, se cache derrière les nuages. Je me demande à quoi pensent les carpes qui nagent sous la surface. J'envie leur silence, leur regard trouble, laiteux. Je me lève de la margelle, grimpe sur le muret et fais le tour du lavoir – plusieurs fois. Quelque chose crie en moi, je ne sais pas quoi. En passant au-dessus de l'encoche par laquelle s'échappe le trop-plein, j'écoute plus attentivement le bruit de l'eau. Elle tombe sur un tapis de mousse, avant de filer par ce qui ressemble plus à un fossé qu'à un ruisseau. Elle court entre les herbes, avec un léger sifflement, puis disparaît sous la chaussée, par un gros tuyau. Cette eau murmure qu'elle n'est pas faite pour vivre dans un rectangle de pierre, qu'elle ne restera pas non plus longtemps dans un cylindre de ciment. Soudain, je comprends. Je bondis sur mon vélo et pédale à toute allure vers le village. L'eau doit emprunter des chemins souterrains, mais je devine à peu près par où elle passe. Sortant du hameau, la route vers Laguerre se fait plus souple qu'entre les maisons et suit la bonne pente. Je ne vois le ru nulle part, mais je sais qu'il doit déboucher au lavoir où Elvire m'a dit non. En y arrivant, je balance mon vélo, saute les trois marches de pierre qui mènent au bassin, me précipite vers l'eau qui sort du mur. C'est elle, c'est bien elle… Je la reconnais à l'odeur. Cette odeur de mousse, cette odeur d'eau qui a roulé la terre sans jamais soulever la vase. J'ai pédalé si fort, si vite, que j'ai soudain besoin de la boire, à grandes lampées. Elle coule sur mes joues en feu, dans mon cou, en moi – cela me fait un bien fou.

Ma soif apaisée, je ne m'attarde pas et fonce jusqu'à notre ancienne maison. À peine arrivé, je jette le vélo dans l'allée, je plonge encore la tête dans l'eau… C'est elle, évidemment, c'est toujours elle… Comment ai-je pu l'ignorer si longtemps ? Allongé dans l'herbe auprès d'elle, essoufflé par ma course, je rêve à ses paysages, là-bas, vers le fleuve, vers la mer. Ma main pend au-dessus de l'eau du ruisseau, son souffle me caresse sans fin.

Le cinquième soir… je ne fais rien. Ou disons que je ne vais nulle part. Car au moment où je m'apprête à emprunter la porte-fenêtre qui donne sur l'escalier extérieur, j'entends Marcel qui halète dans son grenier. Je gratte à sa porte pour savoir si tout va bien, mais il ne répond pas. Alors j'entre à pas de souris. Je le trouve en sueur, grimpé à la grande échelle. « Mais qu'est-ce que tu fais, pépé ? Tu as besoin d'aide ? » Marcel est surpris, il tremble autant que son nom. « Je t'ai fait peur ? » Marcel sourit, s'essuie le front avec son mouchoir et redescend les barreaux un à un. « On peut savoir ce que tu fais là en pyjama ? » Marcel me regarde, il y a dans ses yeux une crainte animale, mais il sourit encore : « C'est-à-dire, mon garçon… j'ai du mal à dormir. Et je me suis dit qu'il ferait sans doute plus frais là-haut. » Je jette un œil sur le thermomètre accroché près de la porte : 16 degrés. « Tu comprends, me dit-il comme pour s'excuser, quand j'étais gamin, je dormais dans un grenier comme celui-là, et le matin, je devais casser la glace au fond du seau pour me laver. » Mouais. « Et tu comptais trouver des stalactites là-haut pour te réconforter ?
— Au moins un peu d'air », répond pépé, en s'essuyant une nouvelle fois le front. Il est si essoufflé que j'ouvre la fenêtre en grand et m'assois près de lui, sur son lit. Un souffle d'air nous caresse, on dirait que ça l'apaise.

Le sixième soir, je reprends le vélo, j'ai besoin d'aller plus loin. Je passe devant notre maison, je continue à toute berzingue, sors d'entre les deux collines. Il fait noir, mais en bas du village, le vallon s'ouvre si brutalement qu'il est comme une aube au sortir de la nuit. Je laisse filer le vélo dans la descente jusqu'au replat des Cytises. À droite, une route monte vers un château et une chapelle abandonnée, je m'y lance à corps perdu. Assez vite, je halète comme un chien de traîneau. Derrière ses grilles, le château vide, entouré de bâtiments modernes qui servent de bureaux à une cimenterie, paraît aussi mort que d'habitude. J'imagine de vieux fantômes le hanter, cela me redonne de la force pour finir de grimper la côte. J'arrive hors d'haleine à la chapelle et jette enfin mon vélo. Un goût de sang m'envahit le nez et le palais – je crache par terre pour m'en débarrasser, mais rien n'y fait. Je me laisse tomber dans les herbes folles, non loin des murs en ruine. Ça ne fait pas si longtemps que le toit de la chapelle s'est effondré.

Elle est belle, maintenant, cette chapelle à ciel ouvert. Un petit courant d'air agite les feuilles de lierre. Je me souviens d'une sieste avec Odile, sous un arbre. Sans doute le bouleau qui était autrefois près de la table en ardoise. Odile dormait et moi, je regardais en l'air. J'avais l'impression que les milliers de petites feuilles qui s'agitaient au-dessus de nous étaient autant de petites mains qui jouaient avec la lumière. Quand Odile s'est réveillée, je lui ai parlé de ma découverte. Elle m'a montré les grosses mains de l'érable là-bas, et m'a demandé si, à mon avis, les chatons du bouleau étaient de petits doigts. Ce devait être au printemps ou au début de l'été, car les chatons étaient verts et bien fermes. Pourquoi ce souvenir me revient-il maintenant ? J'ai l'impression que quelque chose, ici, me poursuit, tout en me disant de partir.

J'enfourche de nouveau mon vélo et, au lieu de rouler vers la maison, je prends à travers bois, au cul de la chapelle. Je ne suis jamais allé aussi loin par les chemins. Je me trompe, je tourne et m'égare – surtout dans le noir. Par moments, quand je l'aperçois, le halo orange et pâle de Sente-la-Jolie me remet sur la voie.

Soudain, le vide m'arrête. Mes mains sur les poignées de frein ont été plus rapides que mon esprit, et heureusement : je suis arrivé au sommet des grandes carrières de craie. Je ne savais pas qu'on pouvait en atteindre le haut par ce sentier abandonné. À quelques centimètres de ma roue commence à tomber la longue paroi blanche, qui court comme un serpent sur des centaines de mètres, fracturant la colline. En contrebas apparaît le lit du fleuve – sombre et huileux, ne reflétant rien du ciel aveugle. Sa surface lisse et tranquille ne charrie pas les lumières de la ville et, même de haut, même de loin, je devine l'infinité d'organismes qui le rend opaque.

Dans l'instant, je comprends. Même si ce n'est pas pour ce soir, le chemin du départ devra enjamber l'eau noire.

2

Aujourd'hui enfin, et en plein midi, je me joins à Chiffon et Zizi pour l'une de leurs expéditions. Et cette fois, c'est moi qui les guide. Je les mène, par le chemin de la chapelle, jusqu'au bord de la falaise.

En voyant le fleuve de si haut, Chiffon reste perplexe. Il sort une carte molle de sa poche et y apporte quelques corrections avec un bout de charbon. Je ne sais pas ce que traficote mon frère à longueur de journée sur ses loques barbouillées… J'ai du mal à savoir s'il y travaille sérieusement ou s'il fait semblant, pour amuser Zizi – qui, d'ailleurs, n'a pas l'air de rire. Tous les deux ont le même air absorbé en comparant le paysage et leur guenille.

Sans réfléchir, et pour les sortir de cette contemplation stupide, je leur annonce solennellement ma décision de quitter la maison. Aucune réaction. La nouvelle est-elle seulement parvenue à leurs cerveaux attardés ? Je suis si déçu que je remonte sur mon vélo et les entraîne brusquement sur le chemin du retour.

Le soir venu, avant de filer dans ma chambre, je les embrasse tous – sans qu'aucun ne s'en étonne. Là-haut, je prépare un petit barda, je prends tout l'argent que j'ai, et pioche dans les tirelires de Chiffon et de Zizi. Comme je pars travailler, je pourrai les rembourser.

À minuit, tout est calme – même Marcel a trouvé le sommeil, ses ronflements résonnent à travers le plancher du grenier. Mon sac est assez gros, j'ai hissé un duvet au-dessus, et quelques gamelles – celles dont on se sert parfois quand on va camper. Je tâche de descendre l'escalier extérieur sans faire craquer les marches et enfourche mon vélo sitôt le porche passé. Les premiers coups de pédale sont rudes car, avec tout ça, je suis lourd. Je passe devant notre vieille maison sans m'arrêter. Je me demande si ce n'est pas elle que je fuis en premier. Je voudrais que Ferment en finisse, qu'il l'abatte à coups de masse – et qu'on n'en parle plus.

Puis, très vite, grâce au vent de la descente sur mon visage, mon cœur se desserre, mes pensées se relâchent. Je me vois déjà filer directement au fleuve. Mais arrivé en bas du village, quelque chose me fait brusquement changer d'avis, le vol d'une chauve-souris peut-être – rapide, léger, habile. J'abandonne mon vélo dans un fossé et je continue la route à pied.

Toute la nuit, je marche. Près du ruisseau, à travers les fourrés. Pourquoi se presser ?

Quand le jour se lève, j'ose à peine y croire : tout est si nouveau, même si près de chez nous. Je suis encore le cours du ruisseau, qui un peu après se jette dans une rivière… C'est la Vaucouleurs, je la reconnais. J'ai soudain envie de pêcher, de songer, de flâner.

3

Je me réveille ce matin avec l'envie furieuse de brasser des cailloux et le désir affolant de tâter la chair d'un poisson. Qu'est-ce qui me prend ? Il y a du bruit dans la maison, j'entends Ferment qui monte et qui descend. Tante Jeanne entre soudain dans ma chambre : « Ah, tu es réveillée, Zizi ! As-tu vu Béguin ce matin ? » Évidemment que non, je viens d'ouvrir les yeux et il y a encore plein de rêves dedans…

Je me lève et je descends dans la cuisine. Marcel est en train de dire : « Il sera parti plus tôt pour le collège…

— Avec son duvet ? » aboie Ferment.

On dirait qu'il se passe quelque chose. Je m'assois à côté de Chiffon qui boit son chocolat sans moufter. « Béguin a disparu… » finit-il par me glisser à l'oreille, avant de se lever pour me préparer un bol. Je ne suis toujours pas bien réveillée. Soudain, tante Jeanne déboule de l'escalier : « Il y avait une lettre sur son bureau ! » Sa voix tremble, Ferment lui arrache la feuille des mains :

Cher tous,

Vous allez rire ! je viens de faire un rapide calcul : grâce au contrôle continu, j'ai déjà mon brevet, plus besoin de trimer. D'ici la fin de l'année, nous ne ferons en classe que des révisions, je n'en vois pas l'utilité… Alors, je me suis dit : l'occasion est unique, avant d'entrer au lycée, je vais me balader quelques semaines sac au dos !

« P'tit con… » s'interrompt Ferment.

Surtout, ne vous inquiétez pas, j'ai emporté tout ce qu'il faut : des vêtements chauds, un duvet, des gamelles, trois livres et un peu d'argent. S'il vous plaît, ne me cherchez pas, faites-moi confiance. Je me fous d'Elvire, je ne suis pas déprimé, je veux seulement profiter de ma jeunesse tant qu'il est encore temps.

« P'tit con ! » répète Ferment plus fort, en tournant la lettre.

Selon l'endroit où je serai, je vous rejoindrai ou non pour les vacances et, dans tous les cas, je ferai ma rentrée. Sans doute aussi que je chercherai à travailler – vous n'avez ainsi aucune raison de vous en faire pour moi.

Prenez bien soin de vous,

Martin-Béguin,
qui reviendra, soyez-en sûrs

« Pe-tit-con ! » hurle Ferment. Je ne l'ai jamais vu dans une telle furie. Le visage de Jeanne est bouleversé. Chiffon s'est éclipsé. Seul Marcel continue de boire tranquillement sa chicorée. « Puisqu'il te dit qu'il va revenir… » finit-il par lâcher. « Qu'est-ce… qu'est-ce qu'on fait ? » demande Jeanne, embarrassée. Sans lui répondre, Ferment attrape sa veste et les clés de la voiture pour partir au lycée. Au moment où il ouvre la porte, une rafale de vent s'engouffre dans la maison. La porte se referme violemment sur lui, avant de claquer pour de bon une fois qu'il est sorti.

C'est dommage, ce fracas. Dehors, le printemps est là. Ça se sent à la lumière, à la douceur de l'air…

LES CHEVEUX DANS L'HERBE

1

Dès le lendemain, Chiffon et moi sommes partis en exploration – convaincus que nous trouverions Béguin rapidement. Nous avons d'abord rejoint le sentier qui court depuis la chapelle jusqu'au bord de la falaise, mais bien entendu, notre frère n'était pas là – ç'aurait été trop facile. Suivant un trait de charbon sur sa carte, Chiffon a voulu qu'on pousse un peu plus loin et nous avons longé la faille. Après un moment, les bois se sont éclaircis, le terrain s'est aplani et nous sommes redescendus par les prés ondulés. Il y avait tant de fleurs partout que j'en cueillais des brassées. Chiffon râlait un peu, car on était assaillis par les pucerons et toutes sortes d'insectes vrombissants.

À force de gambader, nous avions chaud. Vers midi, nous sommes arrivés près de la rivière. Nous nous sommes arrêtés au frais, sous les arbres. Et c'est là que nous l'avons surpris. Béguin pêchait avec une branche de noisetier, un fil de nylon et un bouchon. Nous l'avons observé longtemps, en nous retenant de pouffer. À un moment, je me suis levée pour le rejoindre, mais Chiffon m'a arrêtée : « Notre frère a été clair, Zizi : il ne veut pas qu'on le recherche. » Alors nous sommes repartis.

À la maison le soir, tout le monde a été soulagé de savoir où Béguin se cachait et qu'il n'était pas plus loin que le village à côté, tout près de la rivière. Le jour suivant, tandis que nous étions à l'école, Marcel est allé vérifier son campement. Béguin s'était installé dans le cabanon abandonné d'un verger. Finalement, ce n'était pas tellement différent de ce que nous avions connu ensemble au bas de notre jardin. Même s'il continuait de pester, Ferment lui-même en convenait, tandis que Jeanne se désolait : « On fait tout ce qu'il faut pour leur mettre un toit sur la tête, et voilà le résultat… »

Depuis ce jour-là, en attendant les vacances, et par souci d'équité, Chiffon et moi avons le droit de dormir au moins deux nuits par semaine dans l'ancien cabanon. Nous continuons d'explorer les paysages alentour avec des cartes que nous choisissons chacun notre tour, puisqu'à présent Chiffon me laisse aussi décider. Ferment, toujours silencieux, a repris de mystérieux travaux là-haut. Au premier et au deuxième étage de la maison, tout prend la poussière et se détériore lentement. Les papiers peints se décollent, les peintures font des cloques, les plinthes se fendillent au pied des murs humides. De plus en plus d'insectes ont leurs trajets et leurs nids. Moi, ça ne me dérange pas tellement. J'ai même ouvert les fenêtres de nos chambres pour que les oiseaux s'en fassent un abri. Des hirondelles ont investi les poutres et sèment leurs fientes acides sur la moquette. Franchement, quelle importance ? Au moins, quand on est là-haut avec Chiffon, on les entend.

2

Finalement, Ferment et Jeanne ont décidé qu'on resterait ici cet été. Béguin est toujours dans le vallon voisin, on le voit de temps en temps ; et quand on ne le voit pas, on dépose des vivres et des bandes dessinées dans son cabanon. Quelques jours après son départ et voyant qu'il persévérait, Ferment est allé voir le maire, qui a promis de garder un œil sur le loustic, vu qu'il est installé sur un terrain de la commune dont plus personne ne s'occupe. Même Jeanne se promène parfois à pied jusque là-bas, ça la sort un peu de ses livres de comptes. Quand Michel vient passer le week-end, ils s'y rendent tous les deux avec un pique-nique, mais je ne crois pas qu'ils mangent souvent avec Béguin.

Ce matin, c'est notre tour d'y aller, Chiffon et moi. On a dormi dans le cabanon et avant de rentrer déjeuner, on voudrait bien essayer de voir notre grand frère, pour lui demander à quel moment il compte revenir. On passe par le bas de Laguerre. C'est un chemin plus long, mais qui suit le ruisseau. Comme il fait beau, c'est agréable. On trouve que finalement, Béguin a raison : trois mois de vacances près de chez soi, c'est l'idéal. On se demande si on ne va pas lui proposer de nous accueillir pour le reste de l'été.

Et puis voilà, c'est là qu'on l'a trouvé. Pas Béguin, Marcel. La tête posée dans la mousse avec, à côté de lui, sa canne à pêche et sa musette pleine d'appâts. C'est vrai que, depuis quelque temps, il va souvent taquiner la truite et le goujon dans la rivière.

En approchant, on crie joyeusement : « Dis donc, pépé, c'est déjà l'heure de la sieste ? » Il ne réagit pas. Il est sans doute arrivé tôt dans la matinée, et digère à présent son casse-croûte. Alors on s'assoit près de lui, en attendant qu'il se réveille, et on continue à discuter : Béguin va-t-il accepter qu'on rejoigne son petit royaume ? Tout à coup, le regard de Chiffon change. « Tu ne trouves pas ça bizarre ? me demande-t-il.

— Quoi donc ?

— Marcel… il dort, mais il ne ronfle pas. »

Je me tourne vers pépé, sa cotte bleue, son ventre rebondi – il ne fait aucun bruit. On s'approche l'un et l'autre, à quatre pattes. Son visage est un peu humide et jaune – presque cireux. Je passe un doigt sur sa joue : la sueur est vraiment froide, la peau très légèrement durcie. Chiffon passe la main sous son nez – aucun souffle. On se regarde alors, perdus. On n'ose pas le laisser là, tout seul ; on n'ose pas non plus se séparer pour aller prévenir quelqu'un. Alors on se rassoit non loin, on se tient les mains, et on chante un truc débile. Une comptine d'enfants qui nous revient, et que peut-être Odile nous fredonnait autrefois. Chiffon m'entraîne pour m'empêcher de pleurer ou de crier, pour s'éviter d'avoir à me consoler. Je lis de la terreur sur son visage. Au bout de quelques minutes, on ne chante plus, on braille.

Une voix finit par nous tirer de là. C'est Béguin, qui arrive en trottant : « Ça va pas, les débilos ? Vous avez décidé de faire fuir tous les poissons ou quoi ? » On s'arrête de chanter, on le regarde sans rien dire, on tourne la tête vers le corps de pépé. Béguin s'approche, se penche au-dessus de lui… « Merde, Marcel ! » Il l'attrape par les épaules et le secoue ; la tête de pépé reste en arrière, ne décolle pas de la mousse. « Marcel Tremble, bordel ! » crie Béguin. Il a lui aussi, maintenant, le regard affolé, le visage défait. Il nous attrape chacun par une main et on rentre à la maison en courant. On ne veut rien dire à Jeanne, on déniche Ferment dans l'atelier de la cour. « Marcel, Marcel… là-bas… dans les champs… » on dit, tout essoufflés. Ferment comprend, appelle une ambulance.

Une demi-heure plus tard, on est tous près du ruisseau. Deux hommes mettent Marcel sur leur brancard, sous un drap blanc. Le médecin réanimateur explique : « Insuffisance respiratoire… arrêt cardiaque… moins de quatre heures… Prenait-il des médicaments ? » Qu'est-ce qu'on s'en fout, à présent, des médicaments… Le véhicule s'éloigne vers Sente – sans sirène, sans gyrophare. On repart en silence, on fait un grand détour par les bois. En passant près des sources au-dessus de la maison, Jeanne a un frisson, moi aussi. Nous nous serrons l'une contre l'autre, tandis que Ferment attrape chacun des deux garçons par l'épaule. Nous traversons le village ainsi, en petite meute, tristes et transis.

O

Toute chose mûrit sous la terre
bien avant d'advenir

Toute chose y retourne
avant de pouvoir revivre

D'où je suis, je vois
des êtres qui s'affalent
d'autres qui tentent de les relever
de les maintenir à bout de bras

Mais ces gestes n'ont aucun poids :
il est trop tard – ce n'est pas grave

Le souvenir de quelqu'un flotte
quelques autres essaient de s'en saisir
mais c'est le vide, l'absence qui se creuse
à chacun de leurs pas

Face à cela
je ne suis rien qu'un souffle froid
explorant les strates sans lumière
des endroits sombres et des matières

J'ai perdu toute apparence de femme
de sœur et de mère

De rares images flottent encore
à la surface de ma mémoire

mais ces souvenirs n'ont plus de forme

Lorsque j'essaie de les extraire
ils se figent
au mieux, comme la glace
au pire, comme du quartz
Ils sont de brefs éclats
que je ne saisis pas
Je n'ai ni mains
ni bras

Seuls les mouvements de la terre
le remuement des pierres
font émerger
quelque chose
que je reconnais

Quelqu'un est en train de creuser
un coin de jardin
de mettre en terre
des planches de bois
tandis qu'au loin
quelque part dans les airs
du bronze résonne
contre du fer

Quelque chose vibre
et des mains se serrent –
des cœurs se libèrent

Des larmes roulent
ça n'a rien à voir avec moi
et pourtant je sens
que quelque chose s'en va

Tandis qu'un corps d'argile entre en terre
un poids se soulève et rend plus légère
la couche d'air froid
qui me fige et m'enferre

Je peux, je dois circuler
et ne pas céder trop vite
à ce mouvement lent des strates
qui m'engloutissent et m'éloignent
des courants qui sont mon vrai chemin

J'ai des enfants
– je me souviens –
J'ai un mari
– je me souviens –
Tous ont un jour ou l'autre
dormi contre mon sein

Et je sais désormais
par quel moyen
prolonger notre lien

C'est une histoire de veines
et de chagrins qu'on mêle
De nappes, de mares et de sels
De charbon aussi –
d'eaux profondes et de gemmes

3

Ça ne se fait pas, mais on a enterré Marcel dans le jardin. Celui de l'ancienne maison. Tout était prévu normalement, la messe en Normandie, l'inhumation près de sa femme… Mais il avait prévenu Jeanne. Sa femme est enterrée avec sa famille et elle n'a plus vraiment besoin de lui. Il préférait l'idée de rester près de nous. Alors Ferment a donné un gros billet à l'employé des pompes funèbres pour qu'il scelle mal le caveau. La nuit suivante, il est revenu au cimetière, où le gars l'attendait, déjà légèrement soûl. Ils ont chargé le cercueil dans la voiture et Ferment est revenu à Laguerre. Il a déchargé Marcel dans le sous-sol, et la nuit d'après, il a creusé seul un grand trou, à l'écart du bassin. Il a traîné Marcel dedans, puis il a planté au-dessus un charme déjà grand, qu'il avait acheté la veille chez le pépiniériste. Quand on est arrivés au matin, avec le café pour Ferment, des fleurs pour pépé, les branches de l'arbre étaient déjà redressées, le pied arrosé et orné de six carrés de pelouse prédécoupée. Jeanne avait préparé de grandes jardinières remplies d'œillets multicolores et de campanules qui débordaient en cascades violettes et touffues… Nous avions désormais un nouveau bout de jardin – assez gai finalement.

Je crois que depuis ce jour-là, Ferment n'est plus retourné au sous-sol. Il a sorti tous les outils de jardinage pour les mettre sous l'escalier du perron, près du robinet, et il ne se sert plus que du cabanon pour stocker ses graines et ses plantations. Il prend soin du long parcours du ruisseau en bas, nourrit des plantes aquatiques qui consolident les berges fragiles – et nous a confié, à Chiffon et à moi, le soin du potager.

Béguin a accepté de revenir dormir à la maison – à la condition de pouvoir occuper le grenier de pépé. Permission accordée, évidemment. Il a par ailleurs trouvé un job d'été, chez le garagiste. Je vais parfois l'y chercher, mais je ne m'attarde pas, car Ozanne, le patron, me fiche un peu la frousse. Il est toujours taché de cambouis et passe son temps à crier contre ses deux employés. Sa fille traîne tout le temps pieds nus dans la cour, de la viande à la main, sa femme porte de grandes boucles d'oreilles créoles et rit très fort. Ils ont aussi un gros chien attaché à une chaîne, qu'on n'a pas envie d'approcher. Là-bas, Béguin répare des cycles et s'endurcit.

4

Depuis que pépé est mort, j'ai souvent froid, souvent peur. Il y a de plus en plus de choses que je ne comprends pas. Pourquoi il nous a retrouvés, pour finalement s'en aller soudain ? Jeanne dit qu'il était malade et qu'il ne m'en a pas parlé pour ne pas m'inquiéter. C'est vraiment prendre les enfants pour des billes… Je le savais bien, qu'il était malade ! Ce n'est pas une raison pour mourir.

Et puis, Odile… maman… Cet été, ça fait trois ans qu'elle est partie – et moi je sais qu'elle va finir par revenir. À la rentrée, à l'école, il y en aura encore pour dire, derrière mon dos : « La pauvre… Sa mère est morte. » Tout le monde fait comme si elle ne reviendra pas. Même Ferment parfois en parle comme d'un oiseau préhistorique… « Votre mère aimait ceci… Odile aimait cela… » Ça m'énerve, ça me rend triste.

Seul Chiffon reste constant. Nous gardons tous les deux nos coins préférés d'exploration et il continue de dessiner des cartes où la présence d'Odile se répand. Je veux dire : à partir des paysages qui nous entourent, il en dessine de dix fois, cent fois, mille fois plus grands, où les chemins sont innombrables. C'est comme une immense toile d'araignée colorée où, évidemment, on pourrait perdre sa maman.

5

Voilà, c'est fait : Béguin est entré au lycée et moi je reprends cette année les cours en atelier. Je ressens à nouveau du plaisir à enseigner, transmettre. Le trouble qui me hantait m'a quitté et même la colère contre Odile est tombée. Finalement, c'est un peu comme si la mort de Marcel m'avait réveillé : on ne peut pas toujours vivre sous une épaisseur de mystère. J'avais une femme, elle a disparu, sans laisser de traces. Ou plutôt : sans laisser de traces de sa mort, parce que, des traces de sa vie, les nôtres en sont remplies. Ce sont les révoltes de Béguin, les obsessions de Chiffon, les rires et les chagrins de Zizi… Leur mère est partie tout en restant en eux ; et moi, je ne peux plus être un éternel tourment.

Je n'oublierai jamais Marcel Tremble – ni son poids dans la caisse en bois blanc. La nuit parfois, quand je ne dors pas, je revois ses yeux verts, son regard vif. J'ai compris qu'il m'avait laissé tranquille avec ma folie. Il a guetté, protégé mes nuits et mes fuites, il a surveillé discrètement le chantier de déconstruction que je menais dans l'ancienne maison. J'ai même découvert qu'en mon absence, il posait des étais. Si le sous-sol tient encore, si la maison ne s'est pas écroulée, c'est grâce à lui. Il œuvrait en silence, sans rien dire à Jeanne ou aux enfants, pour que rien ne s'effondre sur ma tête ou sous leurs pieds.

Maintenant qu'il n'est plus là, cette maison, nous devons l'abandonner. Elle menace ruine de toutes parts, l'eau n'en finit pas de couler. Je veux encore m'occuper du jardin, car c'est mon souvenir d'Odile, la demeure de Marcel. Mais plus d'eau tiède, plus de tuyaux reliés à la chaudière – seulement le passage de l'eau fraîche, en plein air, depuis un endroit qu'on ignore jusqu'à la mer que l'on connaît. C'est la dernière fois que je n'emmène pas les enfants en vacances l'été. Nous avons besoin d'horizons, de changement.

6

C'est la Toussaint, et il fait encore beau. C'est du moins ce que ne cesse de répéter tante Jeanne, au bras de Michel, chaque fois qu'ils font une promenade. En fin de journée, quand la nuit commence à tomber, Michel aide Béguin à faire ses devoirs de maths, car il paraît qu'en seconde, tout se joue autour des maths. Bah dis donc… je ne suis pas pressée d'y être.

De notre côté, Chiffon et moi partons chaque après-midi explorer les bois, de plus en plus loin. Béguin nous a indiqué où se trouvait l'ancienne carrière de craie et de sable et nous avons découvert dans les parages une minuscule grotte – juste de quoi s'abriter pour le goûter. Sauf que l'autre jour, tandis que je marchais autour pour voir s'il ne s'y trouvait pas des champignons – c'est la saison, et tante Jeanne ne dira pas le contraire –, j'ai failli tomber dans un trou ! Je n'avais pas vu que le sol, couvert de branches et de mousses, s'ouvrait à cet endroit. Ma jambe est passée au travers d'un tapis de feuilles. J'ai crié et Chiffon a juste eu le temps de m'attraper par le bras. Après m'avoir tirée de là, il a dégagé le sol et on a découvert un boyau.

On est revenus le lendemain avec une corde. Chiffon l'a attachée à un arbre et il est descendu dans le trou. À un moment, il a glissé, la corde s'est tendue, il a crié. Quand il est remonté, je lui ai dit : « Tu n'es pas bien, non, d'aller te fourrer là-dedans ? » Il a rigolé en disant : « C'est pour la science ! » Il avait des cailloux humides et foncés dans les mains, incrustés de petits je ne sais quoi qui le rendaient tout excité.

Depuis, je ne veux pas retourner dans ce bois. Pendant que Chiffon était en bas, et moi au bord du trou, j'ai senti un souffle froid monter du boyau. Quand je lui en ai parlé sur le chemin du retour, il m'a dit : « C'est normal ! C'est une percée karstique. L'eau infiltrée a creusé le calcaire, ça fait de petites galeries, et l'air qui circule là-dedans est frais. C'est le principe de la glacière. » Parfois il m'énerve, mon frère, avec sa science…

Surtout que, moi, ce souffle froid, je ne le sens pas seulement à proximité des galeries. Je le sens près des sources, je le sens à l'arrivée du ruisseau dans notre jardin. Et l'autre jour, je l'ai senti aussi près du bassin. Je l'ai même perçu entre les deux jardinières qui sont restées près du charme de Marcel et dans lesquelles Jeanne veut mettre des chrysanthèmes – sans que Ferment la laisse faire, d'ailleurs. L'autre jour, tandis qu'elle lui parlait de ça, il a dit : « Et tu veux pas une plaque, non plus ? Discrétion, Jeanne, discrétion, sur cette affaire… »

Au final, je ne sais pas, moi, à qui parler de ce souffle froid… parce que même tata ne comprend pas. Quand j'essaie de savoir si elle le sent aussi, elle court me chercher un gilet, un anorak, une écharpe… En fait, elle ne m'entend pas.

Alors j'y pense la nuit. Je me demande si Odile, elle, comprendrait et quand est-ce qu'on pourra en parler. Je commence à avoir des doutes sur le fait qu'on pourra un jour la revoir. Je me demande pourquoi elle est partie, ce qu'elle avait à faire… Si elle n'était pas malade, elle aussi.

7

C'est demain le dernier week-end des vacances et, c'est décidé, je les emmène tous à la mer. J'aurais dû y penser plus tôt. Ne pas laisser Zizi et Chiffon errer pendant deux semaines. Béguin travaillait au garage, mais il aurait pu nous rejoindre. Je suis con parfois, mais je suis con… Odile m'aurait alerté, si elle avait été là, Marcel aussi. Chiffon est toujours dans son délire de cartes, il dessine, récolte des fossiles, lit des livres de géographie… Michel et Jeanne insistent sur les maths auprès de Béguin, et ils ont raison. Mais Zizi, elle, qu'est-ce qu'elle fait ? Elle dépérit. Tout ça n'est pas une vie de petite fille… Je ne sais pas bien ce que c'est, d'ailleurs, une vie de petite fille, mais ce que je vois, c'est qu'elle s'ennuie. Ou qu'elle se fait du souci – je ne sais pas.

Avant-hier, je lui ai proposé de venir avec moi au lycée et j'ai vu avec quel enthousiasme elle a accepté. Je ne pensais pas qu'une journée à l'atelier l'aurait autant intéressée. Elle m'a posé des tas de questions sur les machines, elle voulait voir tous les bâtiments – même les cuisines de la cantine. Les collègues sont tombés sous son charme, même les élèves de l'atelier l'ont remarquée et ont ri avec elle.

C'est quand on est rentrés à la maison le soir que le contraste m'a frappé. D'un coup, elle a retrouvé son regard triste. Pendant qu'on finissait de préparer le dîner, elle tournait dans la cour comme une âme en peine. Près de l'abri aux tourterelles déserté, je l'ai vue passer ses mains sur les fissures de la pierre, avec une mine inquiète. Tout de suite après, elle est rentrée et m'a demandé d'allumer du feu dans la cheminée. Elle a mangé sans trop parler, puis elle est allée se coucher. Mais qu'est-ce qu'elle a, notre choupette ?

8

Ça y est, on roule vers la mer ! Papa nous emmène, je suis en voiture avec lui, tandis que les garçons sont derrière, dans la fourgonnette de Jeanne et Michel. On prend la route de campagne. Le château d'eau brille dans la lumière du matin ; le dépasser me procure une joie folle. On retourne dans cette maison que Jeanne avait louée la première fois qu'on avait rencontré pépé. Elle dit que c'est un bel hommage, que c'est plus gai que la messe des morts ce dimanche, à Laguerre. Comment lui donner tort ?

En arrivant là-bas, les garçons et moi voulons aller sur la plage sans attendre. Le vent souffle, il fait assez froid, mais il y a un peu de soleil. Pendant que Jeanne et Ferment vont faire les courses, Michel vient avec nous. Il est perdu dans son cache-nez et, sur ses lunettes, il y a de la buée. Béguin fait le bravache et retire son pull, son pantalon pour se baigner. Chiffon, lui, a le regard fixé sur les galets, je sais qu'il cherche le caillou rare, l'anomalie géologique. Moi, je regarde la mer, la mer et les vagues et, je ne sais pas pourquoi, ça me remue, ça me remplit de joie. Si papa ou tata étaient là, je crois que je me jetterais dans leurs bras. Avec Michel, je n'ose pas. Alors je continue de regarder la mer danser et je ris, je ris presque dans le vent. Je chante aussi, je crois.

Quand Béguin revient, le torse rougi et les membres bleus, les cheveux dégoulinants d'eau visqueuse et salée, on rentre vite le mettre au chaud. La maison de pêcheur est déjà prête : Ferment a commencé à préparer le poisson et Jeanne a fait les lits. La télé annonce de la tempête pour cette nuit. Je suis tout excitée.

Après le dîner, en venant me border, Ferment me demande si je suis contente. Je lui dis que oui, ouiii ! Il me demande si je n'ai pas froid – et non, non, c'est vrai, je n'ai pas froid. Je n'ai même pas peur, je crois. Quand il part se coucher dans la chambre qui est juste au-dessus de la mienne, j'entends ses pas sur le plancher. Je sais qu'il est là.

Je ne m'endors pas tout de suite, parce que le vent commence à siffler et ça m'électrise. Je repense à la plage tout à l'heure, et je me dis que le souffle d'ici est violent, mais qu'il n'est pas froid. Il a quelque chose de lourd et de salé qui le rend enveloppant, bien épais. La tempête, dehors, commence à se déchaîner. Au loin, j'entends les mâts des bateaux carillonner – je fais une prière pour que demain matin, tout ne soit pas terminé, et qu'on puisse retourner à la mer ou sur la jetée, voir les vagues danser.

O

Je suis sortie de la terre
j'ai pu m'extraire

Je ne suis pas faite pour les profondeurs
La croûte, là-dessous, est trop épaisse
Après la terre meuble des premiers mètres
trop de roches dures blessent et enserrent

J'ai besoin de remuer, de respirer
de soulever des tonnes de galets

Ici, je vois la lune
elle n'est plus cachée par les arbres
Je n'en pouvais plus des galeries, des lombrics
et des entrelacs de racines…

Laissez-moi geindre et respirer
Laissez-moi me tordre et hurler
Toute la nuit je veux hisser vers le ciel
mes lames et mes bras d'écume

Cette nuit, personne n'est en mer
sauf quelques pêcheurs
– et je les noie

Oh oui, je les noie !
Je brise leurs bateaux
je renverse les sauveteurs
j'immerge les phares
Je referme sur quelques vies
une eau épaisse et noire

J'ai tant d'appétit à présent
Je veux gémir, engloutir
Un corps comme le mien
ne se meut pas sans remous
sans sacrifices humains

Au matin, allant lécher la plage
je vois une petite meute d'humains
serrés, souriants, joyeux

À l'éclat de leurs regards
qui est celui des cristaux enfouis
je devine qu'ils sont comme les pêcheurs de la nuit :
aucun n'a peur de ma furie

J'ai soudain envie de les arracher de la grève
pour les faire danser dans mes bras

Mais quelque chose me retient
un mouvement qui vient de loin
et qui murmure :
tu n'es plus rien, Odile
Plus rien
qu'un ferment ancien
…

L'EAU SOUS LE PLANCHER

1

Ce soir, c'était notre quatrième Noël sans toi, Odile… Quatrième. Et le premier sans Marcel. Vous êtes toujours si présents en moi. Combien de temps cela durera-t-il ? Et combien de Noëls avec encore un peu d'émerveillement ? Zizi a eu huit ans il y a quelques jours et, cette année encore, j'ai été surpris de voir tant d'excitation dans ses yeux à l'approche du réveillon. Jeanne et elle avaient décoré toute la maison dès le premier jour de décembre. Hier, elles nourrissaient de houx fraîchement cueilli les couronnes du porche et de la cheminée. Et ce soir, même si nous ne jouons plus la comédie des bruits du père Noël, Zizi a tenu à aller se cacher à minuit. Jeanne et moi avons disposé les cadeaux au pied du sapin, tandis que Michel était à l'étage avec elle et les deux grands. Je crois que même Chiffon se prêtait au jeu, du haut de ses onze ans, et que Béguin prenait plaisir à se moquer de ces deux petits innocents. C'est comme si Zizi s'évertuait à ne pas voir qu'elle grandit.

Dis-moi, Odile, dis-moi comment on survit à tout ça. Dis-moi où nous avons trouvé la force de tant nous réjouir ce soir, alors que je vois la béance que tu laisses en chacun de tes enfants, comme en moi ou en Jeanne.

Seule l'installation progressive de Michel apporte un étrange pansement. Michel est lent, il a sur toutes choses un regard calme. Son amarrage a quelque chose d'apaisant – et de drôle aussi. Il y a chez lui une maladresse touchante.

Je ne le sens pas très à l'aise avec les deux petits, mais il fait toujours attention à ne pas se montrer déstabilisé par leurs extravagances. Pour se sortir de leurs blagues, composer avec leurs éruptions, il a souvent des réactions étonnantes, comme se lever pour énoncer un théorème ou observer avec attention une irrégularité sur le papier peint.

L'autre jour, Zizi venait de lui demander ce qu'il comptait lui offrir pour son anniversaire et s'il avait besoin d'idées. J'allais dire à Zizi que, vraiment, ça ne se fait pas, quand Michel a eu cette réflexion : « Zizi, as-tu déjà pensé au nombre de fois où les enfants anticipent leur anniversaire ?

— Non… a répondu Zizi.

— Toi, par exemple, combien de fois rêves-tu chaque jour à ce que tu voudrais recevoir ?

— Je ne sais pas… dix fois, vingt fois, trente fois peut-être !

— Retenons trente. À partir de quand fais-tu cela ?

— Oh, je ne sais pas… Je suis née le 21 décembre, je pense que ça commence dès septembre…

— Bien. Quel jour sommes-nous ?

— Euh… le 5 décembre, je crois.

— Il reste donc seize jours jusqu'à ton anniversaire. Crois-tu qu'en te révélant aujourd'hui ce que Jeanne et moi allons t'offrir, je vais te priver d'y penser 480 fois d'ici le 21 ? Eh bien, non, jeune fille! ne compte pas sur moi pour te priver de ce plaisir. »

Puis il a quitté la cuisine pour aller chercher un calepin, sur lequel il a rapidement établi une théorie sur l'anticipation des anniversaires chez l'enfant de 5 à 8 ans, accompagnée d'une courbe sur laquelle on pouvait suivre la croissance du désir de cadeaux semaine par semaine, sur quatre mois. Très amusé, Béguin a proposé d'y superposer deux courbes de Noël : une valable pour les enfants nés en fin d'année, et qui reçoivent donc beaucoup de cadeaux d'un coup, croisée à celle des enfants nés au printemps, comme Chiffon et lui, et qui ont donc une attente étalée sur plusieurs mois. Ils ont fait des tableaux, des moyennes... Zizi n'y comprenait rien, et a fini par se dire que le meilleur cadeau pour elle serait une calculette.

Bref, la vie suit son cours. Mais toi, Odile, où es-tu? Tu as disparu, et je te sens partout. Parfois, même, je te désire encore. À croire que tu hantes mon corps en secret. L'autre jour, j'étais en train de dessoucher un thuya, l'un de ceux que tu détestais parce qu'ils te bouchaient la vue – tu avais raison d'ailleurs, et j'ai décidé de les abattre tous. J'y allais donc à la pelle, à la pioche et à la scie, pour dégager les racines, je suais, tout en me demandant comment s'y serait pris Marcel. Et je ne sais pourquoi ni comment, ton image est apparue à ce moment-là. Mes outils cognaient la souche, raclaient la terre, remuaient parfois des cailloux et, d'un coup, par contraste, c'est la légèreté de ton corps qui m'a envahi. Lorsque nous étions jeunes, presque encore adolescents, il se faufilait sous mes doigts comme celui d'un poisson. J'ai entendu ton rire et ta voix d'alors qui disait : « Non, attends, arrête! je suis chatouilleuse… » Puis m'est revenue dans la foulée la fluidité trouvée avec les années, celle de tout ton être s'offrant à moi, nuit après nuit. Même lorsque tu portais nos enfants, Odile, tu restais souple et légère à mon approche. J'ai l'impression de n'avoir jamais usé de mes muscles avec toi. T'aimer, c'était comme descendre un cours d'eau, je me laissais porter par le courant. Nous finissions toujours ensemble dans la furie de la mer, mais ton corps était l'élément premier dans lequel je me noyais… D'où te venait cet abandon, Odile? Est-ce lui qui t'a finalement emportée tout entière, cette nuit-là? Odile… Je n'en peux plus de ton absence. Je n'en sortirai pas.

2

L'hiver est doux, cette année – tante Jeanne n'arrête pas de le répéter. Je me promène encore beaucoup avec Chiffon, mais souvent je m'ennuie, car il passe désormais son temps à chercher des pierres, des fossiles, et je me coltine seule l'amélioration des cartes que nous sortons de la chambre. Lors de nos explorations, tandis qu'il a les yeux rivés au sol, je traque les cours d'eau, les buttes et les décrochements, parfois des vestiges de constructions humaines. Mais je suis trop distraite, les points d'ancrage restent rares. À part le château d'eau et l'orée des bois, je ne vois pas grand-chose.

En plus, depuis la mort de pépé, j'ai peur des berges, des fontaines, des sources… De tous les lieux avec de l'eau, en fait. J'ai l'impression qu'à chaque fois, un souffle froid surgit. Dans le jardin de l'ancienne maison, lorsqu'il pleut par exemple, j'entends l'eau tomber, mais je l'entends aussi qui s'infiltre lorsque la pluie a cessé. Quand je parle de ça à Chiffon, quand je lui demande s'il entend l'eau, lui aussi, partout où l'on va, il me répond, tout exalté : « Mais, Zizi, je la vois surtout ! C'est l'eau, l'eau et le temps, qui ont façonné tout ce que tu as devant toi ! » Et il prononce des mots comme « bassin », « plaine alluviale », « ère glaciaire », « érosion » et je ne sais quoi encore. Il m'énerve. Il parle de choses qu'il lit dans ses livres de géographie, et ne voit pas que tout ça, moi, ça m'angoisse.

Je sens aussi des choses étranges la nuit. Ce ne sont pas vraiment des rêves, plutôt des perceptions bizarres. Je suis dans mon lit, la lumière éteinte, mais au lieu de basculer dans le sommeil, je revois les endroits où je suis passée durant la journée, comme depuis l'arrière d'une cascade. Les scènes sont striées par des filets d'eau et couvertes par un épouvantable fracas. Je sors alors de ma torpeur, mais les images déformées persistent et vont parfois jusqu'à se perdre dans un tourbillon, qui m'engloutit moi aussi. Un genre de spirale à deux bouches s'élève, et les mêmes scènes, les mêmes images reviennent. Si je ne rallume pas la lumière, ces perceptions recommencent à l'infini et me rendent folle.

Au début, j'avais envie de hurler, maintenant je m'y suis habituée. J'arrive à m'endormir avec la lumière allumée. Parfois, Ferment passe et me gronde, je n'ose pas lui confier ce que je vois. Je n'en parle pas aux autres non plus, parce que j'ai peur qu'ils se moquent de moi. Trop souvent, je les fais rire sans le vouloir. Alors, mes rideaux d'eau, je les garde pour moi.

3

Elle est troublante, Zizi… Depuis quelque temps, j'ai l'impression qu'elle sait d'instinct des choses que, moi, je dois apprendre patiemment. Par exemple, quand on se promène dans la campagne, elle me pose des questions qui me font croire qu'elle voit d'emblée, qu'elle éprouve même, le travail du temps.

Moi, je viens d'avoir douze ans et, comme dit Mme Élise, c'est l'âge où l'on apprend en conscience, où l'on devient grand. Grâce à elle, je sais maintenant ce que je veux faire plus tard : lire, dessiner et écrire la Terre. Ça demande beaucoup de travail, mais je suis prêt. Je parcours la campagne et trouve des trilobites, des coquillages, je décèle l'ère glaciaire dans la matière sédimentaire, l'empreinte des océans là où aujourd'hui on plante des betteraves.

Il y a deux semaines, je suis tombé sur un véritable gisement souterrain de fossiles. Un petit boyau comme celui de la carrière là-haut, mais caché dans le bois qui est juste au-dessus de notre ancienne maison. Je l'ai découvert par hasard, sous un affleurement de roche calcaire – un de ces trous que Zizi redoute parce que, dit-elle, de l'air s'en échappe et que l'eau qui l'a creusé résonne encore. Comme ce jour-là elle m'agaçait un peu, avec ses histoires, je l'ai envoyée seule relever l'altitude exacte à laquelle poussent les châtaigniers – il n'y a pas de châtaigniers par là-bas, ça l'a occupée une bonne heure. Elle est revenue désolée avec une poignée de vieilles faines en disant : « Il n'y a que de hêtres, là-haut, et ils n'ont pas beaucoup poussé… »

J'avais profité de ce temps pour descendre dans le boyau, armé de la lampe frontale que Zizi pique toujours à Ferment. Et là-dessous, j'ai trouvé des roches constellées de coquillages fossilisés ! Je n'en revenais pas. Depuis, j'y suis retourné plusieurs fois. À force d'observer, il me semble même avoir découvert des dents de requins… Il faudra que je demande à Mme Élise si c'est ça qu'on appelle des faluns.

4

Ça y est, j'ai seize ans ! Ozanne me l'avait promise, et je l'ai : une moto-cross homologuée, 50 centimètres cubes. Un moment, j'avais caressé l'idée d'une 125, mais je n'aurais pas eu suffisamment d'argent pour passer le permis. Je me dis aussi que ce modèle causera moins de souci à la famille. Ozanne l'a montée lui-même, sur deux suspensions différentes : fourche à l'avant, monoamortisseurs à l'arrière, avec roues crantées pour les chemins forestiers – confortable aussi sur le bitume. Avec cette petite moto, je suis le plus heureux des hommes !

À la sortie du lycée, les copains m'envient. L'autre jour, à l'arrêt de bus, même Elvire l'a remarquée. De son long regard liquide, là, qui coule sous ses cheveux d'herbes jaunies… Ça m'a fait un peu drôle, et je me suis enfui. Moins d'une minute après, je l'avais oubliée, et je riais dans le vent, visière relevée. Le bruit du moteur me grise, comme s'il se nourrissait de toutes les pensées tristes, de tous les malaises, de tous les ennuis de ma vie d'avant.

Les seuls que je tolère dans mes échappées sont Chiffon et Zizi – quand Ferment le permet. Je les emmène faire un tour, en leur disant de bien s'accrocher. Je veux qu'ils puissent sentir la liberté qu'on a sur cet engin, je veux qu'ils comprennent qu'on n'est pas obligés de prendre racine entre nos deux collines. Parce que je vois bien que l'un et l'autre, parfois, ont un truc bizarre, avec cet endroit… Chiffon scrute le sol comme un chien truffier et Zizi regarde partout, inquiète, comme s'il y avait ici des esprits prêts à nous mettre le grappin dessus.

5

A-t-il a senti mon ennui ? Béguin, ce midi, quand il est rentré de chez Ozanne a demandé s'il pouvait m'emmener faire un tour. Sa moto vient de passer la révision des 1 000 kilomètres, Ferment a dit oui. Après le déjeuner, tante Jeanne cherche pour moi une veste bien épaisse. « Pas tellement pour le froid, dit-elle. Plutôt au cas où tu glisses. » Agacé, Béguin réagit : « On ne glissera pas, tata – je suis avec Zizi, je fais super gaffe. » Ferment tranche : « La veste, c'est bien. Zizi a souvent froid, ces temps-ci. » J'accepte de m'engoncer dans un vieux blouson de cuir, dont je comprends dans l'instant où il est zippé, à la façon dont tous me regardent, que c'est celui d'Odile. Moi, je ne m'en souvenais pas, de ce blouson marron aux poignets côtelés, élimés, mais c'est vrai qu'il flotte autour un parfum familier.

Je monte derrière Béguin et m'accroche à sa taille, nous passons tout doucement le porche de la maison. Dans une première accélération, la montée vers la place de la Mairie, avec son grand virage, me remue déjà. Sur les bancs publics, il y a les habituels imbéciles. À notre passage, ils ricanent, mais je crois qu'à présent, Béguin se fiche bien de ce qu'ils pensent. Sous son carénage bleu et blanc, oui, sa Suzuki fait un bruit de moustique enragé – et alors ?

Nous dépassons la place, prenons la rue Saint-Martin – sous nos fesses, le moustique s'essouffle tant la côte est raide. Sortis de là, nous montons la rue des Lombards et son grand lacet. Enfin, depuis le haut du village, la rue des Tilleuls s'offre à nous, dans toute sa largeur départementale. « Maintenant, accroche-toi, Zizi ! » crie Béguin sous son casque. Je m'agrippe plus fort à sa taille, il tourne la poignée de l'accélérateur. Pas à fond, non, pas jusqu'à faire hurler le moteur, mais suffisamment pour me mettre les larmes aux yeux sous la visière. La moto tremble légèrement, Béguin dose notre vitesse à coups légers, pour me donner l'impression de voler. La première moitié de la descente, je dois l'avouer, la peur me prend. Je sens la peau de mon menton se crisper sous ma lèvre, j'ai envie de crier – mais rien d'autre ne sort de ma gorge qu'un léger bêlement, Béguin ne peut pas entendre. Puis quand il hurle : « Ça va, Zizi ? », la peur tombe, je souris. Je souris, puis je ris, parce que c'est très chouette, tout ce bruit, tout ce vent. Les arbres défilent sur les côtés et au-dessus de notre tête.

Béguin ralentit au bas de la colline, vers les ruines du four à pain, là où débouche aussi notre rue. Je ressens la même chose qu'à l'arrêt du manège autrefois, quand Ferment ou tata m'en payaient des tours en vacances. « Encore ! » je hurle sous mon casque. Béguin croit que je plaisante et commence à tourner vers chez nous, mais j'insiste : « Non, Béguin, pas tout de suite, je veux encore descendre…

— Tu veux qu'on refasse une boucle par là-haut ?

— Non ! je dis. Je veux continuer sur la grande route. Emmène-moi jusqu'à Sente. »

Béguin réfléchit puis lâche : « De toute façon, je dois faire le plein… » Pendant le demi-tour, la moto cale mais se relance au premier coup de kick. Devant nous, la départementale s'ouvre aux quatre vents, les deux collines s'affalent en pente douce. Plus d'arbres au-dessus de nos têtes, plus d'autres limites au ciel que les bords de cette large cuvette… Cette fois, je le vois, le bassin dont parle toujours Chiffon. Béguin et moi avançons tout droit vers le fleuve, en suivant le chemin de l'eau. Pour la première fois, les mots de Chiffon me viennent spontanément – « plaine alluviale », « bassin versant », « gouffre karstique »… Ils me viennent sans que j'y réfléchisse. Ils me viennent comme une caresse, tandis que je ris, que j'exulte sous mon casque. J'agrippe toujours la taille de Béguin. Pour la première fois depuis longtemps, je n'ai plus peur de l'eau ni du vent. Nous dévalons la pente, mais sans toucher le sol directement. Quelque chose nous isole, lui et moi, nous ne touchons plus la terre qui a si froid et qui suinte… Plus nous descendons, plus nous nous éloignons du village, des deux collines, plus je sens ce qu'il faut fuir… et plus je suis contente.

6

Je n'aurais jamais dû laisser Jeanne lui mettre ton blouson. Ou bien est-ce ta peau, Odile, qui l'a sauvée ? Béguin dit que Zizi a sauté… qu'elle a sauté de la moto au moment où ils arrivaient vers le cimetière. Qu'elle s'est jetée volontairement de la moto. Quand il a senti ses bras se relâcher, il a crié sous sa visière : « Tiens-toi au moins d'une main à l'arrière, Zizi ! » Mais elle n'en a rien fait.

Elle riait, dit-il, et d'un coup elle s'est lâchée. Elle s'est lâchée, et elle a sans doute sauté, pour rouler si loin de la route. Béguin n'a pas eu le temps de freiner ou de l'attraper. Il s'est arrêté tout de suite, il s'est retourné, elle était allongée, le haut du corps tourné vers le sol. Il a cru que son cou était brisé. Il s'est précipité vers elle, il a vu son visage en sang sous la visière explosée, mais le casque toujours bien attaché et les vertèbres alignées dans un axe normal pour un animal comme elle – c'est comme ça qu'il s'est exprimé, dans le couloir de l'hôpital… Il a parlé d'animal.

Une voiture s'était déjà arrêtée, et avait prévenu les secours. Lorsque je suis arrivé aux urgences, on m'a tendu ton blouson à l'accueil, en me disant : « Ambre-Iseline ? Elle est par là-bas… troisième porte à gauche. » J'avais presque oublié que nous lui avions un jour donné ce nom, toi et moi. J'ai couru dans le couloir ; Béguin était là, leurs deux casques au bout des bras. J'ai vu dans son regard qu'il redoutait ma peur, ma colère. C'est sans doute pour ça qu'il a tout expliqué d'un trait – en finissant par le mot « animal ». Il pleurait, sans verser de larmes, sans tordre son visage. Je voyais juste qu'il pleurait dans son âme, dans sa joie et sa fierté de grand frère. Je l'ai pris dans mes bras, il a juste dit : « Papa, je l'aime, Zizi – je l'aime… »

On est entrés ensemble dans la chambre. Zizi était en blouse, le visage tuméfié, endormie. Une médecin est arrivée à son tour, et a dit : « Ne vous inquiétez pas, elle s'est réveillée après le choc, elle a parlé aux ambulanciers et à l'infirmière. Elle a juste l'épaule cassée, nous l'avons sédatée pour la soulager et maintenant, nous allons opérer la fracture. L'infirmière vous appellera quand on la remontera du bloc. » Puis des brancardiers l'ont emmenée dans son lit qui roulait.

Béguin m'a alors raconté : le cours de géographie un peu confus dans l'ambulance, les imprécations contre moi et Chiffon, l'excitation joyeuse à voir défiler le paysage à travers la vitre, comme lors des départs en vacances… Zizi avait parlé presque normalement durant tout le transport d'urgence.

Puis l'infirmière est venue nous voir en salle d'attente. En apercevant le blouson que je serrais toujours dans mes mains, elle a dit : « Ah, c'est vous, le père de l'aviatrice ? » Puis cette femme m'a raconté les blagues du radiologiste sur les vols planés, comment il avait réussi à faire rire Zizi derrière la vitre de protection contre les rayons X. J'étais bouleversé par tous ces gens, et leur douceur. On a attendu là avec Béguin. Je regardais fixement ton blouson élimé aux manches, maintenant profondément entaillé sur tout un côté… J'ai eu envie de le respirer, une dernière fois, avant de le jeter – je me suis retenu.

Jeanne et Chiffon sont arrivés, c'était maintenant la fin d'après-midi. L'infirmière est venue nous prévenir : Zizi était remontée du bloc, elle se réveillait doucement en attendant d'être transférée dans une chambre d'orthopédie. On pourrait la voir d'ici une heure. Alors on est sortis tous les quatre dans la cour arborée de l'hôpital et on a attendu. Jeanne était étonnamment calme. Elle avait amené une valise d'affaires pour Zizi, elle était très tendre avec Béguin. Elle rassurait aussi Chiffon sur les séjours à l'hôpital. Quand on lui a dit que Zizi allait être transférée en orthopédie, elle a tiqué ; je me suis dit : « Ça y est, elle va commencer à nous emmerder… »

Quand on est retournés à l'accueil des urgences pour savoir où ça en était, l'infirmière est revenue vers moi, et a dit : « Je vous ai dit orthopédie, tout à l'heure, mais c'est en pédiatrie, bien sûr, qu'on a transféré Ambre-Iseline. Elle est bien réveillée, on lui a fait porter son dîner ; vous pouvez aller la voir. Pas plus de deux à la fois. Ça ira ? » J'ai dit : « Oui. Merci. »

Béguin et moi sommes entrés les premiers. Zizi était encore un peu groggy, mais elle souriait. Elle avait un plâtre à l'épaule et une aide-soignante était en train de lui donner un repas léger. En me voyant le blouson à la main, elle a demandé si c'était bien le tien. J'ai dit oui. Elle a demandé pardon. « Mais pardon de quoi, Zizi ?

— J'ai abîmé le blouson… »

J'ai senti qu'il y avait une hésitation dans sa voix, Odile… Je ne sais pas si elle demandait pardon à toi ou à moi… Je crois qu'elle-même ne savait pas. « Mais enfin, Zizi… On se fiche du blouson ! C'est toi qui nous importes. As-tu mal ? » Zizi est restée silencieuse. Béguin se taisait ; il la regardait comme si c'était la chose la plus précieuse au monde – si précieuse qu'on n'osait rien dire devant elle. Zizi a déclaré à l'aide-soignante qu'elle allait se débrouiller de sa main valide pour la fin du repas, et nous avons laissé la place à Chiffon, qui est resté longtemps avec elle. À travers la porte, je l'entendais qui lui parlait, et j'entendais Zizi lui répondre. Parfois, elle riait même. Je ne distinguais aucune de leurs paroles, mais leur dialogue avait l'air très doux. Je me disais : « Ils n'ont peur de rien, ces deux-là. »

Entre-temps, Jeanne s'était renseignée pour passer la première nuit auprès de Zizi. Nous sommes allés remplir les papiers ensemble.

Lorsque nous sommes revenus, nous avons trouvé les deux garçons chacun d'un côté du lit, l'un tenant la main de Zizi, l'autre son épaule plâtrée, en silence. Elle s'était endormie, et souriait.

7

Je suis retourné voir Zizi à l'hôpital aujourd'hui, et elle m'a raconté un drôle de rêve.

Comme souvent, nous nous promenions tous les deux dans le bois au-dessus de la maison. On découvrait que les sources s'étaient taries. Plus aucun filet d'eau ne s'écoulait de la terre. La mousse qui recouvrait les pierres avait commencé à sécher, à devenir grise. Il régnait un silence absolu dans le bois. Les insectes, les oiseaux semblaient avoir disparu ; même le vent n'agitait plus les feuilles des arbres. Nous avancions, étonnés et prudents, à l'affût d'autres bizarreries. Soudain, Zizi criait pour m'avertir : une vipère était sur le chemin, juste au-dessous de mon pied, que j'arrivais à suspendre *in extremis*. Mon regard se fixait sur elle, la vipère continuait d'onduler dans l'ombre de ma jambe, mais n'avançait plus. Quand Zizi approchait à son tour, elle se transformait carrément en branche. Zizi s'en saisissait alors et me courait après en l'agitant. C'est ainsi que nous arrivions, stupéfaits, à la sortie du bois : toute l'eau était là, étalée devant nous. La plaine s'était remplie, nous étions comme au bord d'un immense lac aux eaux tranquilles et vertes. À notre tour, nous étions figés dans un silence épais et ne pouvions rien faire d'autre que regarder la surface, où rien ne bougeait. Nous avions pourtant le sentiment étrange que quelque chose vivait quelque part. Nous ne savions pas quoi. Zizi essayait d'agiter son bâton, mais il n'était pas assez long pour atteindre l'eau, et finissait par tomber dans l'herbe.

Enfin, Béguin apparaissait au loin, dans une barque. Une silhouette assise ramait pour lui, tandis qu'il était debout à nous faire signe. Zizi parvenait finalement à attraper son bâton et à le lancer sur l'eau pour faire comme un pont jusqu'à Béguin. Mais au moment où nous posions le pied dessus, ce pont-branche-serpent reprenait vie et nous entraînait brusquement sous la surface. Zizi et moi nagions ensemble dans l'eau opaque. Bizarrement, plus nous nous enfoncions dans l'eau, plus elle devenait claire. Claire et parcourue d'éclairs, dans lesquels nous retrouvions la vallée noyée. Dans cette lumière intermittente et vive, nous parvenions jusqu'à l'ancien lit du fleuve. Là se détachaient de gros amas de roches granitiques, en boulets, dont je précisais à Zizi que c'était une « moraine ». Comprenant qu'il s'agissait de la bouche d'un gros poisson, elle s'effrayait et remontait à toute vitesse vers la surface, me laissant seul. Tandis qu'elle me savait serein au fond, elle se retrouvait isolée là-haut, au milieu du lac. Béguin et la barque avaient disparu. Au lieu de paniquer, elle s'allongeait en planche et attendait – le haut du dos immobilisé et les oreilles dans l'eau. C'est alors qu'elle entendait, pour la première fois, le long chant d'une dame. Elle n'en comprenait pas un mot, mais la voix la berçait, la portait. Je finissais par réapparaître, un gros morceau de roche jaune et translucide dans les mains. Je l'offrais à Zizi, et nous sortions de l'eau – tranquillement.

« C'est tout », m'a dit Zizi en terminant son récit.

Quelque chose avait changé dans son regard. Je crois que ma sœur n'est plus une petite fille. Du moins, plus seulement.

O

J'ai remonté tous les courants
j'ai pénétré toutes les galeries
j'ai agité toutes sortes de sables
Ambre-Iseline

J'ai humecté sur mon chemin
jusqu'à la moindre poussière d'argile
jusqu'au brouillard et à l'oubli
Ambre-Iseline

Ainsi j'étais sûre, j'étais certaine
de tout posséder
de tout envahir
Je voulais noyer

jusqu'au moindre souvenir
de toi, de vous, Zizi

Et puis…
va savoir pourquoi
va savoir comment…
une lumière dans un prisme
est apparue

Est-ce toi, Zizi ?

Je n'étais plus
une masse liquide
seulement un cœur chaud
dans une main d'enfant

Sans rage
sans furie –
sans force aussi…

Serre-moi
serre-moi une fois, Zizi

Et laisse-moi partir, toi aussi

8

C'est drôle… je n'ai pas pu le dire à Chiffon. Je n'ai pas pu lui dire : « Dans ma main, je tenais le cœur de maman. » Ce n'est pourtant pas difficile à prononcer, comme phrase… « *Dans ma main / je tenais / le cœur / de maman.* » Chiffon est doux, il comprend tout. Il aurait sans doute aimé entendre cette phrase. Et aussi que la voix du chant était la sienne, la voix d'Odile.

Seulement voilà, j'ignore pourquoi, mais je n'ai pas pu. Comme si ces mots-là n'avaient pas de chemin en moi. Ce n'est sans doute pas bien grave, et je ne vais embêter personne avec ça. Tout le monde a l'air déjà si inquiet… Un petit saut à moto, et hop ! C'est l'affolement général. Moi, au fond, je n'ai pas si mal.

Le kiné est venu me voir tout à l'heure. Il m'a montré de tout petits mouvements à faire pour que les muscles ne « s'atrophient » pas sous le plâtre. Je ne savais pas ce qu'il voulait dire, alors je lui ai demandé. Je ne suis pas certaine d'avoir bien compris, mais je trouve que c'est un mot beau, *atrophie.*

Le kiné m'a dit également que bientôt, quand la cicatrice de l'opération sera bien fermée, on commencera la rééducation de mon épaule. Durant tout ce temps, je resterai hospitalisée dans le service des enfants.

Je suis heureuse de quitter la maison pour quelques jours.

ATROPHIE

1

Odile – je ne sais plus si je m'adresse encore à toi ou au fantôme de notre maison… Tu as dû voir que tout est ouvert là-haut, prêt à accueillir les nouveaux engins pour les travaux. Plusieurs parcelles du cadastre étant envahies par l'eau, la commune a fait un plan de drainage qui passe par notre terrain. Le conseil municipal était prêt à voter et payer la reconstruction de notre maison ensuite, mais je les ai convaincus que c'était inutile : depuis le temps que ça dure, je suis persuadé que même si nous assainissons la parcelle, l'eau trouvera le moyen de revenir. Alors j'ai décidé d'aménager tout le haut en petit paysage. Ça prendra le temps que ça prendra, mais il y aura des chutes, des bassins, des sentiers. J'ai vu avec l'ingénieur hydraulique comment tirer parti des microreliefs karstiques. Chiffon est enthousiaste, il a dessiné un plan que l'ingénieur et les services départementaux ont validé – sans s'apercevoir qu'il avait été conçu par un adolescent de quinze ans. Tu sais, Odile, nos enfants sont étonnants…

Béguin a fait le choix d'une école militaire avant l'été et Zizi est entrée au collège cette année. Elle semble s'y épanouir. À la maison, je la trouve toujours silencieuse, moins gaie qu'avant, prompte à râler même, à propos de tout ; mais les professeurs me disent qu'en classe, elle pétille. Elle s'est fait un groupe d'amis qui semble soudé. Au moment où elle a été réopérée de son épaule en octobre, ils sont tous venus la voir à l'hôpital puis à la maison. Je les entendais rire là-haut – surtout, je ne me suis pas approché. Zizi grandit, j'apprends à respecter son intimité.

Une femme m'a beaucoup appris sur elle ces derniers temps. Elle s'appelle Kadiatou. Elle est infirmière pédiatrique dans le service qui accueille régulièrement Zizi. Elle me dit que notre fille est courageuse, qu'elle a rarement vu une enfant aussi déterminée. Après chacune des trois opérations qu'elle a subies, Zizi semble retrouver une raison de vivre, de progresser encore et encore, sans jamais regretter ni même évoquer l'accident. La chirurgienne, elle, est perplexe. Elle avoue ne pas comprendre pourquoi l'articulation d'Ambre-Iseline ne veut pas se remettre en place. Il est rare de devoir ainsi réopérer un squelette en pleine croissance. La prochaine fois, si l'os n'est pas consolidé, il faudra tenter la greffe.

Par ailleurs, rien à voir avec Zizi, mais on s'est aperçus que le père de Kadiatou est un collègue de Michel. Jeanne les a invités à dîner chez nous. Guiba connaît un nombre incroyable d'histoires à propos des forces de la nature qu'on ne doit pas contrarier. Il dit en riant que mon projet d'aménagement du jardin est une très mauvaise idée. Je réponds que si on n'essaie pas de dialoguer avec la petite parcelle qui nous échoit, on ne comprendra jamais rien aux territoires qu'on habite. Il dit que les esprits sont trop capricieux pour qu'on puisse espérer les apprivoiser – et que même, cela est vaniteux. Je dis que je n'ai ni l'intention ni le pouvoir de froisser les esprits pour la bonne et simple raison que je ne crois pas à leur existence…

Et pourtant, je t'écris, Odile – tout en me sentant un peu honteux.

Me diras-tu un jour si tu m'entends ? Si tu es encore là ?

2

Rien n'est pénible dans la vie – sauf de rester sur la touche pendant les cours de sport. Les séances d'athlétisme sont les seules qui ne me pèsent pas, car elles ont lieu en plein air, dans le grand parc à côté du collège. Je peux me promener, et trottiner dès que je suis hors de vue du prof. Sinon, je dois rester sur un banc, à regarder les autres courir, s'entraîner, apprendre de nouveaux gestes, découvrir l'escrime, l'escalade ou le rugby. Je ne peux montrer à personne les progrès que je fais de mon côté ; c'est rageant.

Dans la cour, c'est différent. Mes copains font attention à moi, mais pas non plus comme si j'étais en sucre ou en porcelaine. Les filles me font des bourrades quand les garçons passent, et les garçons me bousculent avec les autres filles quand ils veulent nous faire croire qu'ils sont plus forts. On rigole et j'oublie tout ce qui m'ennuie à la maison.

Car chez nous, tout est en train de changer – en mou. Jeanne dort si souvent chez Michel que, parfois, on ne la voit pas de la semaine. Béguin n'habite plus avec nous, car il a intégré l'école navale, et Ferment est complètement absorbé par les travaux de notre parcelle. Quant à Chiffon, mon doux Chiffon… il m'agace. Depuis qu'il est au lycée, il se prend très au sérieux, secondant Ferment dans ses projets fous de jardins et de cascades. Ils me font pitié, tous les deux… Ferment ne voit même pas que Kadiatou lui fait les yeux doux et Chiffon fuit tout ce qui ressemble de près ou de loin à une fille. J'ai hâte que ce soit les grandes vacances, et de partir loin d'ici : j'ai obtenu de Ferment qu'il me laisse aller à la montagne, avec ma copine Éva et son grand frère Armand.

3

Zizi est pénible, ces derniers temps. Depuis qu'elle a des amis, elle se croit tout permis ; même tante Jeanne doit la reprendre. Elle ne s'intéresse plus du tout à ce qu'on fait à la maison et l'autre jour, quand une lettre de Béguin est arrivée, une de ces jolies lettres comme il a le talent et la tendresse de nous en écrire, elle n'en a même pas écouté trois lignes. Le soir, je lui ai demandé pourquoi et elle m'a répondu : « Les histoires de petit soldat ne m'intéressent pas… » Je redoute le moment où sa cruauté s'abattra sur moi.

En attendant, j'essaie de renouer avec nos anciennes complicités. Je lui propose de partir en balade, mais elle ne veut plus dessiner de cartes ni même découvrir de nouveaux endroits. C'est comme si elle n'avait plus le goût de nos paysages, ni aucune envie de passer du temps avec moi.

Mais là où elle me peine le plus, c'est à propos de ses rêves. Elle n'en parle plus jamais. Elle en faisait pourtant de si beaux juste après l'accident. Elle me les racontait à l'hôpital, et suspendait sa voix chaque fois qu'elle parvenait au bout – comme si rien de plus important ne lui était jamais arrivé. J'ai l'impression que maintenant qu'elle a des amis, elle les néglige et les oublie. Et qu'en elle, malgré tout, quelque chose se tend.

4

Comme elle est drôle, comme elle est touchante, cette famille que je côtoie depuis bientôt quatre ans. Ferment va bientôt m'inviter au restaurant, je le sais – et ça me fait plaisir parce qu'il me plaît. Béguin est parti l'an dernier dans une école qu'il envisage comme un redressement après l'accident dont il se sent responsable, Chiffon reste désemparé par sa sœur. Zizi, enfin, est celle que j'aime par-dessus tout.

Chaque fois qu'elle séjourne à l'hôpital, elle semble plus affermie dans quelque chose qui nous échappe, mais dont on sent la force. Ça inquiète certains de mes collègues, à qui elle fait un peu peur. Les autres sont comme moi et sourient à ses impertinences.

Je ne sais pas qui était sa mère, mais elle devait être bien belle pour faire de si beaux enfants et avoir tant marqué leur père. Car Ferment en est toujours fou, c'est évident. Fou de sa présence, fou de son absence, dans le même mouvement. Leur maison a été rasée, il veut faire couler des cascades à la place et remplir des bassins, sans s'apercevoir qu'il est encore plein du désir de féconder sa femme.

Dans le même temps, il me regarde avec un air de plus en plus languissant – comme si quelque chose était en train de muter en lui. Il est très beau, lorsqu'il s'adresse timidement à moi à propos de la santé de Zizi. Si je fais silence un instant, son regard se perd derrière moi. Alors son visage se défroisse, ses yeux deviennent liquides – on le sent prêt à partir. Lorsque j'ouvre enfin la bouche pour lui répondre, ma voix le ramène immédiatement à moi, l'infirmière à la peau noire – et il rougit. J'adore ça.

5

C'était vraiment trop cool, ces vacances. Les parents d'Éva sont normaux ; le matin, ils ne font rien, et l'après-midi, ils se baladent. Son père est un peu ennuyeux, mais il fait parfois de bonnes blagues, et sa mère sourit distraitement quand on lui parle :

on voit bien qu'en fait, elle se fout de tout. Éva dit qu'elle pense sans cesse à son travail.

Du coup, elle et moi, on a fait à peu près tout ce qu'on voulait : rester au chalet si ça nous chantait, marcher avec eux quand Armand venait aussi, sortir seules dans le village. On s'est trouvé quelques copains à la piscine municipale, on a aussi écrit plusieurs lettres à nos amis du collège.

Armand a deux ans de plus que nous. Il dit souvent que sa sœur est stupide, mais à moi, il ne dit rien. Ou pas grand-chose. Il n'y a qu'une fois où il m'a vraiment parlé, c'est quand je marchais seule avec lui, devant les autres, en montagne. « T'as de bonnes jambes, dis donc ! a-t-il remarqué.

— Je marche souvent avec mon frère.

— Il paraît que tu as eu un accident, que tu as été opérée plusieurs fois ?

— Oui, mais c'est à l'épaule. Je ne souffre pas.

— Tu es courageuse… J'en connais pas beaucoup, des filles comme toi. »

Et là, je ne sais pas ce qui m'a pris, j'ai voulu lui montrer que vraiment, je n'avais peur de rien. J'ai sauté sur les rochers qui bordaient le chemin. C'était stupide, car à cet endroit, il y avait du vide. Un moment, je suis passée sur une roche branlante, et j'ai failli perdre l'équilibre. Il a bondi pour m'attraper et m'a rejetée sur le sentier, en disant : « Ah ouais, t'es cinglée en fait… » Il rigolait nerveusement.

Je n'ai pas voulu l'avouer, mais j'ai eu très peur sur le coup. Peur de mon geste, et peur du sien. Je n'ai plus rien dit, lui non plus. J'avais le regard fixé sur la ligne d'horizon – pour y retrouver un peu de stabilité.

Le soir, je n'ai pas réussi à m'endormir. Je revoyais le vide. Je renouais avec les hallucinations d'autrefois, lorsque la réalité de la journée se reformait autour de moi et se déformait, dans une distorsion de l'espace. Cette fois, une image se surimposait et pesait dans un coin, me faisait mal : un cœur palpitant et doré, qu'on sortait d'un lac, tout mouillé.

6

Le chantier de la parcelle est à l'arrêt depuis fin septembre. Les engins ne redémarreront pas avant le printemps, car les services départementaux se laissent tout l'hiver pour observer l'écoulement des eaux et les mouvements de terrain. Chiffon se réjouit d'avoir ce territoire à découvert ; il farfouille régulièrement pour trouver des silex, des fossiles et d'autres fragments de roche qu'il est le seul à comprendre. L'autre jour, je l'ai même vu goûter de la craie et la recracher d'un air satisfait. T'ai-je déjà dit, Odile, que nos enfants sont étranges ?

Sinon, c'est décidé : Jeanne quittera Laguerre après Noël. Elle s'installe enfin avec Michel. Je suis heureux pour eux deux ; et ça me soulage pour elle, tant je la sens déstabilisée par moments, devant les changements en cours dans nos existences. Nous rendrons en janvier les clés de la grande maison que Marcel avait trouvée pour nous.

Du coup, d'ici là, je vais transformer le cabanon en vraie maison. Creuser des fondations, monter des murs percés de grandes fenêtres et ne dresser à l'intérieur que des cloisons claires. Un truc à la japonaise, qui me donnera la lumière dont j'ai besoin désormais.

Car tu le sais, Odile, n'est-ce pas? Quelque chose a changé dans ma vie. Une femme est en train de me guérir de mon penchant pour les choses obscures, les passions toxiques… Kadiatou m'a accepté, elle est devenue mon amie chair. Elle m'ôte les pieds et les jambes de ma parcelle de terre. Quelques semaines auprès d'elle m'ont convaincu que je devais fermer ce cahier, pour ne plus jamais l'ouvrir.

Avant de sceller notre coffre de papier, Odile, je voudrais te demander une dernière chose…

Depuis bientôt dix ans que tu as disparu, tu fais plus que nous hanter – tu nous meus chacun notre tour. Depuis l'arrivée impromptue de Marcel jusqu'à la vocation navale de Béguin en passant par la passion dévorante de Chiffon pour les cartes et son fichu « terrain », je vois à peu près ce que tu fais de nous. Il n'y a que pour Zizi que je m'interroge encore… Était-elle trop petite pour que tu la connaisses assez alors? Son adolescence est mystérieuse. Je ne sais toujours pas si elle est heureuse ou non… solide ou fragile… déterminée ou perdue… Bien sûr, elle est en plein âge mutant, mais je sens autre chose chez elle. Une résistance qui m'inquiète.

Odile, d'où tu es, s'il te plaît, j'aimerais que tu veilles sur elle – et sur son squelette.

7

Hâte. J'ai hâte d'entrer à l'hôpital et de subir cette dernière opération. La chirurgienne est confiante : on enlève le vieux matériel, on procède à une greffe depuis ma hanche et, dans quelques mois, je trotterai comme un lapin, battrai des ailes comme une colombe.

C'est curieux, hein, cette envie permanente de bouger… À longueur de journée, j'ai des fourmillements dans les jambes, des tremblements dans les côtes, des frissons dans les bras.

La nuit, c'est pire : quelque chose oppresse ma poitrine, qui me donne envie de bondir. Si je pouvais, je m'enfuirais chaque matin, au lever du soleil, et je courrais jusqu'au fleuve, jusqu'à la mer.

Il n'y a qu'au collège, en présence de mes amis, que mon corps s'apaise. Que d'autres élans y naissent et se terminent en cris de joie, en éclats de rire. Une seule exception : Armand. Si je le croise dans les couloirs ou à l'arrêt de car, mon cœur se serre et j'ai envie de me sauver. Depuis les vacances en montagne, il ne m'a quasiment plus jamais adressé la parole. C'est même pire que ça : il ne me voit pas. À ses yeux, je suis devenue invisible ; et je n'aurais jamais cru que ça puisse être si pénible.

Alors c'est pour ça : je veux être opérée une dernière fois. En finir avec cette histoire d'os broyé, de singularité, et trouver ma liberté.

8

Ferment redoutait cette nouvelle intervention, et il avait raison. L'opération et la greffe en elles-mêmes se sont bien passées, la chirurgienne était contente et, au réveil, Zizi était en forme. Les jours suivants, elle a mangé et ri de bon cœur.

Puis la fièvre est apparue. Beaucoup de fièvre, accompagnée de douleurs articulaires et musculaires – ailleurs qu'à l'épaule.

Au début, comme d'habitude, Zizi n'a rien dit, elle ne se plaignait pas. Puis la confusion est venue. Dans son délire, elle parlait d'un cœur jaune jeté depuis le haut d'une falaise. D'une étoile qui brillait dans le ciel.

Ferment et Chiffon sont venus à son chevet. Sans rien dire, Chiffon recueillait ses paroles. Ferment souffrait, très simplement.

Au bout de trois jours, le diagnostic est tombé : infection au staphylocoque doré. Le traitement antibiotique a commencé, en perfusion – Zizi reste hospitalisée. Ferment vient souvent, mais il commence à flancher, je le sens. Hier, je lui ai dit de ne plus venir tous les jours.

« Je veille sur ta fille, chéri. »

9

Chiffon, mon frère, ma petite vérole…

Je t'écris à toi seul, car un drôle de sentiment m'habite. Depuis que je suis venu passer Noël avec vous, dans la maison maintenant presque vide, je fais des rêves étranges.

Ça a commencé dès le retour à Brest, dans ma petite chambre au cul de l'arsenal. Ferment le premier m'est apparu. Il venait me trouver à la remontée d'une mission en sous-marin et ne savait pas me dire s'il était là pour m'accueillir ou m'annoncer le pire. Il me parlait d'un bassin dont je ne savais si c'était celui de l'arsenal ou celui de la maison. Il s'adressait à moi comme si j'avais cinq ans ou lui quatre-vingt-cinq. Quelque chose en moi redoutait qu'il ne m'annonce la mort de notre sœur. Finalement, il disparaissait comme il était venu, me laissant désemparé à l'entrée de la rade ouverte.

Deux jours plus tard, c'était le tour de Zizi. Elle dansait sur le haut d'une crête. Une crête blanche, osseuse, environnée de masses blanchâtres et cotonneuses. Je ne comprenais pas ce qu'elle faisait là – ni comment elle avait réussi à ériger des montagnes sur la mer. J'attendais qu'elle me regarde pour l'interroger, mais au moment où elle tournait la tête, elle basculait de l'autre côté, et j'avais le sentiment terrible qu'elle mourait à cause de moi.

Dans mon autre vie, les cours se passent normalement. J'accepte de faire beaucoup de mathématiques si un jour ça doit me permettre de naviguer en second ou en premier. Mon cerveau se fatigue, et ça me fait du bien.

Donne-moi des nouvelles de Zizi ; dis-moi comment elle se remet de la dernière opération.

Ton grand frère,
Martin-Béguin

10

La chirurgienne est revenue au chevet de Zizi. L'infection est dans l'os et résiste pour l'instant à tous les antibiotiques. J'avais envie de lui dire : vous ne savez pas à quoi elle peut résister, cette gamine.

Chiffon vient tous les jours et, le pauvre, il déraille. Il tente de recueillir les bribes de phrases de sa sœur et de les interpréter dans un sens qui pourrait l'aider à l'aider elle – mais la récolte est maigre. Alors il lui parle des travaux en cours sur la parcelle. S'il savait comme le sujet ulcère Zizi depuis quelque temps…

Ferment et lui habitent temporairement dans mon appartement, près de l'hôpital, en attendant que la maison en bas de leur terrain soit raccordée à l'eau et à l'électricité – ce qui ne saurait tarder. Ferment a fait les choses très bien. Tout est parfait, dans cette petite maison que nous allons bientôt occuper tous les quatre.

Il fait semblant de croire que ses deux enfants vont accepter de cohabiter dans un si petit espace et il essaie de me faire avaler que c'est par choix qu'ils quittent la grande maison. Ferment n'a plus assez d'argent pour nous loger autrement. Ça n'a pas d'importance, ses illusions dureront ce qu'elles dureront – je ne m'en fais pas. L'important aujourd'hui, c'est Zizi. Qui me serre la main, le bras dans son sommeil, chaque fois que je vais la voir. On dirait qu'elle s'accroche à moi comme un lierre à la roche. Pousse, Zizi, vas-y, tu peux grandir… Je suis là – je veille sur toi.

11

Cher Béguin, mon grand frère,

Je te réponds immédiatement. Tu as eu les nouvelles principales par Ferment au téléphone l'autre jour ; nous sommes désemparés. Zizi n'émerge pas. La chirurgienne ne comprend pas. La zone greffée, supposément infectée, au niveau de la tête de l'humérus, a un aspect étrange… spongieux, presque. Mais tout, autour, est d'apparence saine et vivante. Elle n'a jamais vu ça. Un traitement local d'antibiotiques a été injecté lors d'une nouvelle intervention, des prélèvements ont été effectués, on attend encore les résultats. Zizi devrait se réveiller, mais ne se réveille pas.

Tu sais, chaque fois que je vais la voir, je la regarde, notre petite sœur. Je la regarde trop, sans doute, à me faire mal devant son corps inerte ; mais c'est pour me punir de ne pas l'avoir mieux vue avant.

Depuis toujours, le corps de Zizi est élastique, souple… On sait maintenant qu'à l'intérieur, elle est spongieuse. Songeant à tout ce qu'il s'est passé depuis la disparition de notre mère, je m'aperçois que Zizi est la seule qui a traversé tout ça sans rien faire d'autre que nous suivre – à l'affût. Elle s'est rendue perméable à tout ce que nous sommes sans nous avoir jamais rien donné en échange que son rire et ses sautes d'humeur – joyeuses ou tristes.

Tu sais, même à moi, Béguin, Zizi n'a jamais confié grand-chose. Seulement ses rêves après l'accident. Et Dieu qu'ils étaient beaux, Béguin… Tu n'as jamais rien entendu de tel, je t'assure. Comme ça, je me souviens d'une baleine l'accueillant en son corps au fond de l'océan, d'une enfant-belette montée tout en haut d'un paravent ou encore d'une étoile chauffant sa main. Pour elle, ça semblait n'être pas grand-chose à raconter, mais moi je sentais de quoi c'était fait. Et crois-moi : il s'agissait d'amour, de pur amour.

Je me rends compte que depuis toutes ces années, nos émotions, nos jugements la traversent. Notre folie aussi, c'est évident. Mais elle ne sait pas quoi en faire, Béguin. Tu me demandes si tu dois venir au plus vite, je ne sais pas quoi te répondre. Sans doute faut-il être prudents, et ne pas trop l'aimer en ce moment, pour ne pas trop la charger – sinon, elle va casser, notre Zizi.

Chiffon

12

Ils sont là, autour d'elle. Chiffon à gauche, Béguin à droite, Ferment au centre, accroché au pied du lit. Ils sont beaux, tous les trois. Absorbés dans la contemplation de Zizi endormie, dans la lumière bleutée du service de réanimation.

Odile est morte. Ça leur fait du bien de le dire. De le dire à Zizi. De le répéter. Même si elle n'entend pas. Ils lui disent aussi qu'ils l'aiment. D'un amour joyeux, d'un amour léger – qui ne doit pas peser sur sa frêle carcasse.

C'est Béguin qui a eu cette idée-là. De dire enfin la mort de leur mère. Ils en ont parlé juste avant de venir, à la cafétéria de l'hôpital. Je voulais repartir travailler, les laisser discuter, mais Chiffon a voulu que je reste. Il a dit : « Reste, Kadiatou. Il faut que tu saches aussi. »

Béguin a fait un rêve juste avant de venir. Un rêve dans lequel il plongeait en sous-marin. Très vite, ses sens se retrouvaient à l'extérieur de la carlingue, et il n'avait plus d'autre corps que l'eau. Petit à petit, il s'éloignait de l'engin et se retrouvait dans l'obscurité liquide des fonds marins. Une voix se répandait en murmurant comme pour elle-même :

Ils sont tout, et je ne suis rien

« Je n'avais plus entendu cette voix depuis le jour où j'ai chevauché ma moto vers la falaise », a expliqué Béguin. Il a décrit comment, revenant vers le sous-marin, il avait eu envie de le briser, de l'écraser. Pour ne plus jamais remonter. La voix, finalement, a répété :

Vous êtes tout, Béguin. Et je ne suis rien

Ils se sont alors regardés tous les trois, et ils ont répété : « Odile est morte. Zizi doit vivre. » Et nous sommes montés la retrouver dans sa chambre.

LA MONTAGNE SE DRESSE

1

Je me suis réveillée sereine. Si sereine. Après des mois.

Mon sommeil n'a pas duré si longtemps bien sûr, mais l'anesthésie mentale, oui. Et c'était bon.

J'étais plongée dans un brouillard blanc très agréable. Qui m'a enveloppée comme une brume tiède ; et qui a respiré à ma place – un jour après l'autre.

*

Ça a commencé en réa. Comme après les autres opérations, il y avait la douce lumière bleue du réveil, les visages masqués. Les sourires qu'on devine derrière.

Sauf que cette fois, les regards ne souriaient pas. Ils étaient éprouvés, noircis par les cernes. En les voyant tels, d'un coup, j'ai senti que quelque chose était parti. Que c'était bien comme ça.

La brume a pris place, créant autour de moi un halo de lumière, au travers duquel je les ai tous vus, l'un après l'autre.

L'interne, d'abord, est venu. Il m'a demandé : « Vous vous souvenez de moi ? » J'ai dit non. « On s'est parlé lorsque vous êtes entrée au bloc, pendant que la chirurgienne se préparait. Vous vous souvenez ? »

Non, je ne me souvenais pas. « Elle nous a rejoints ensuite. Et elle vous a expliqué. Qu'elle allait tenter le soin par curetage ; une nouvelle greffe peut-être. » Maintenant, oui ; les images radiographiques me revenaient. Elle m'avait montré les zones crénelées. Les masses sombres, et d'autres nuageuses.

« Quand on a ouvert, on s'est aperçu que l'humérus entier était fragilisé par l'infection. Le coude aussi. Toute la structure osseuse de votre bras était atteinte. Malgré les traitements. Vous comprenez ? »

Je comprenais très bien. J'attendais qu'il finisse de m'expliquer pour me laisser aller au soulagement que je pressentais. Plutôt que de parler, il a posé la main sur mon épaule, et il a fait glisser le drap – très doucement.

Mon bras n'était plus là. J'ai souri, puis j'ai regardé l'interne : « Je vous remercie. »

La chirurgienne est passée une heure plus tard. Elle m'a donné les détails de ce qu'elle appelait un échec thérapeutique ; elle m'a lu d'une voix éraillée le rapport d'analyse biologique, l'avis tranché de l'infectiologue et même les statistiques de ce genre d'intervention. Elle a parlé de chance qui nous avait manqué. J'avais presque de la peine pour elle ; et le plus gentiment possible, elle aussi, je l'ai remerciée.

*

Béguin, Chiffon et Ferment sont entrés peu après. Eux n'avaient pas l'air navrés. Ils étaient venus à trois pour se donner du courage, mais je sentais leur joie sincère de me voir réveillée.

Ils ne savaient pas trop quoi faire. Instinctivement, on s'est frotté la tête. Tous les quatre.

Kadiatou est entrée elle aussi. Elle m'a embrassée. Elle a caressé le pansement, rectifié la bande autour. Elle a souri. Et pleuré en même temps. J'ai pris sa tête, à elle aussi.

Ils étaient tous très beaux, dans la lumière blanche. Et moi aussi, je devais être belle – malgré tout.

2

C'est à partir de là que le temps a commencé à passer différemment. Un jour après l'autre – sans que je me demande quoi que ce soit.

Souvent, les gens étaient gênés de me voir, de me retrouver, sans mon bras. Les amis du collège ne riaient plus aussi facilement. Ça n'était pas très grave ; moi, je me sentais libérée de quelque chose. Moins étrange, finalement.

Je voyais la chirurgienne et des médecins régulièrement. La suture était belle, les tissus se régénéraient. Je regardais parfois ma peau dorée, les bourrelets mouvants de ma chair. Avec satisfaction.

On m'interrogeait souvent sur les sensations du membre fantôme. Je n'en avais pas. Ni douleurs, ni fausses perceptions. Juste l'idée d'un bras léger qui dansait autour de moi – dans la lumière toujours présente de ces jours-là.

*

Quand le séjour à l'hôpital a pris fin, j'ai été transférée dans une maison de rééducation. Chiffon venait me voir chaque semaine. Il me demandait si je refaisais des rêves.

Je lui disais que non. Et je pensais que c'était vrai. Des images se formaient dans mon sommeil, mais elles étaient si peu articulées que ça ne constituait pas quelque chose à raconter. Je n'y voyais jamais personne non plus. Alors je disais : non, pas de rêves.

Il avait l'air déçu.

Je sais qu'il aurait aimé que je lui reparle du chant d'autrefois. Mais qu'y pouvais-je, si je ne l'entendais plus ?

3

Je suis sortie de la brume un matin.

Pas depuis mon lit, mais dans le réfectoire de la maison de rééducation, au petit déjeuner.

Elle était là. Assise à une table, non loin de moi. Échevelée. L'air bougon.

J'ai attendu qu'elle me regarde pour lui parler.

Tout d'abord, je n'ai pas compris son nom. J'ai cru que j'avais mal entendu. Mais si : elle s'appelle *Urs*. Et parle avec un accent qui fait oublier le sens des mots, des phrases qu'elle prononce. Elle vient d'Amérique du Nord, mais pas seulement. Elle vient du sud aussi. Et sa grand-mère a été déplacée, si bien qu'elle n'est pas certaine de bien savoir les chemins par lesquels son âme est passée. C'est comme ça qu'elle me l'a dit – dès le premier matin.

Je l'ai revue les jours suivants. Cheveux courts, toujours en bataille. Ursula Ève Klin – c'est son nom complet – s'habille comme un garçon, mais elle a tout le reste d'une fille. Sa peau est dorée, ses yeux cernés d'un bleu profond. Elle est là car elle a eu un accident de voiture. « Avec un chum d'ici », qu'elle dit. Un ami, quoi. Elle a trois ans de plus que moi. Déjà seize donc.

Souvent, elle me parle de son pays, qui est éclaté en plusieurs langues, plusieurs mers, plusieurs climats. Elle a vécu en plusieurs endroits du monde et suppose qu'avec ses parents, ils ne resteront pas longtemps ici. Leurs missions ne durent jamais plus de deux ou trois ans – ils sont ingénieurs en je ne sais plus quoi… Extraction des énergies fossiles, il me semble. Le prochain départ se fera dans quelques mois – si l'accident ne la cloue pas trop longtemps ici.

Elle me plaît, Urs. Elle a un côté sauvage et se fâche parfois. Quand sa jambe ne veut pas. Quand c'est difficile de se remettre à marcher sur des cartilages broyés, un genou en vrac. Elle me dit : « T'es tranquille, toi : t'as plus de bras ! » Ça me fait rire.

Elle est la première que je ne perçois pas dans un halo de lumière blanche. Elle m'apparaît au contraire comme au travers d'un cristal. Je l'entends également. Et j'aime sa voix.

Son rire, aussi.

4

Béguin, mon grand frère,

Zizi va bien. Depuis qu'elle est à la maison de rééducation, elle parle moins de la lumière blanche qui la plongeait dans ce drôle d'état depuis l'amputation.

Elle semble reprendre ses esprits avec le courage qu'on lui connaît depuis cinq ans. Elle suit avec assiduité ses cours par correspondance et ses amis du collège continuent de venir la voir régulièrement. Bientôt, elle pourra sortir le week-end, et même dormir à la maison. Nous essaierons de faire coïncider cela avec ta venue.

L'ergothérapeute a commencé à parler de la prothèse. Dans un premier temps, il faudra choisir entre une version esthétique ou une autre plus fonctionnelle. Zizi ne semble pas s'intéresser à la question et, de toute façon, pour le moment, il faut attendre que les chairs aient fini leur travail de migration.

Ce qui anime notre petite sœur ces derniers temps, ce n'est pas son corps mais sa rencontre avec une autre fille en rééducation. Ursula. Un drôle d'engin, je t'assure, qui nous vient du Canada.

J'ai du mal à la voir autrement que comme un bloc de granit. « Urs », comme elle veut qu'on l'appelle, est massive, puissante. Pour tout te dire, elle m'effraie un peu… J'espère que tu la verras la prochaine fois, et que tu auras un avis.

Sinon, tu sais, je dois encore choisir des options pour l'an prochain, qui seront les dernières avant la grande orientation. Je ne me résous pas à prendre tout scientifique, alors que la géologie ne souffre pas tellement d'hésitations… Il faudra que tu me parles de ce que tu vis à l'école navale. Quand j'essaie de parler de mes envies avec Ferment, il se ferme comme une huître. Il est incapable de fixer son attention sur ce que je lui dis. La vie avec Kadiatou l'apaise au quotidien, mais dès qu'il est question d'avenir, il panique. Parfois, je me demande si quelque chose de lui n'est pas resté figé dans la peur venue le jour où Odile est partie…

Je t'embrasse, mon frère,

Écris-moi vite.

Paul

5

Parfois, on reste tard au réfectoire, Urs et moi. Elle me parle de son pays, de ses amis, du lycée aussi. Elle est déçue par le lycée. Elle s'y ennuie ; elle dit que tout est trop facile. Je ne suis pas sûre de ça… parce que j'entends aussi son professeur particulier qui vient l'après-midi. Et Urs n'a pas l'air si à l'aise. Lui est patient ; il fait semblant de ne pas voir qu'Urs lui ment quand elle dit que oui, oui, c'est bon, elle a compris.

Il est gentil, ce gars. En fait, il n'est pas prof, il est étudiant. En philosophie. Et il fait de la boxe aussi. Les cours particuliers, c'est pour payer son loyer. On a parlé un peu l'autre jour, tandis qu'Urs s'échinait sur un plan de dissertation. Son père est mort quand il avait huit ans et il a une petite sœur de mon âge. Il tient à ses études et à son sport, mais il doit aussi aider sa mère. Travailler. Et ça le rend plutôt content, dit-il, parce qu'il accompagne ainsi trois jeunes de l'hôpital, deux jours par semaine. Il dit que si j'ai besoin, il peut m'aider aussi. Même un tout petit peu, même gratuitement, si c'est pendant les cours d'Urs, quand elle planche.

Hier soir, j'ai demandé à Urs ce qu'elle pensait de lui. Si elle ne faisait pas semblant parfois de ne pas comprendre pour le mettre en rogne ou se faire réexpliquer amoureusement. Elle a levé les yeux au ciel. Je ne sais pas ce que ça veut dire : si elle n'y pense pas, si elle se fiche de lui ou bien si au contraire elle nourrit à son égard un truc qu'elle ne veut pas avouer.

À la place, elle m'a proposé d'aller sur la terrasse. « Mais c'est fermé, la nuit ! » Discrètement, elle m'a montré une clé nichée dans le creux de sa main et on s'est dirigées vers la porte de secours, derrière la lingerie. « Qui t'a donné ça ?

— On ne me l'a pas donné… »

Là-haut, sous le ciel étoilé, Urs a sorti un paquet de cigarettes et un briquet. « Tu fumes ?

— Non, j'ai dit. Mais je veux bien essayer. »

Ce n'est pas très bon, le tabac. C'est âcre, même, et ça fait tousser. Mais ça tapisse aussi. Au bout de quelques bouffées, j'étais satisfaite de voir mon souffle se répandre et se dilater dans les lueurs de la nuit. Partir en volutes vers le ciel constellé.

On n'a pas parlé, Urs et moi. On s'est contentées de fumer. J'ai eu quelques pensées pour Ferment et mes frères – dont je suis bien certaine qu'ils ne seraient pas fiers de moi s'ils me voyaient. Et ça me fait sourire. Sourire à moi-même, sourire à la nuit.

6

Ah, Chiffon, parfois, tu me fais rire…

Ce que tu m'écris d'Urs m'intrigue. Comment fais-tu pour voir du grain de roche là où nous autres, pauvres humains, ne voyons que des filles ? Je suis bien certain que, pour dire un truc pareil, tu ne la regardes pas. Et même, je te vois d'ici : tu ne la regardes tellement pas que c'est comme si tu hurlais : « Je ne vois que toi ! »

Je ne sais pas si c'est de nos études que je vais te parler en premier lorsqu'on se retrouvera. Chiffon, mon Chiffon... Si tu n'existais pas, et si je ne bataillais pas tant avec les mathématiques à l'école navale, je chercherais à t'inventer.

Les nouvelles concernant Zizi me réjouissent beaucoup moins. J'ai toujours du mal à me faire à l'idée d'elle ainsi mutilée... Comment ne pas m'en vouloir ? Ma si jeune, ma si courageuse Zizi. Pas une seule fois je n'ai surpris dans son regard le moindre reproche ou le moindre regret. On dirait même qu'elle me préférait à l'époque, lorsque je réparais des bécanes chez Ozanne. J'ai l'impression qu'à présent, elle méprise le militaire que je deviens...

Bon, je ne vais pas pleurer sur mon sort.

Pour Ferment, je partage ton avis. Il faut qu'on le secoue. Il faut lui laisser finir ses derniers travaux démoniaques et le pousser à vendre la parcelle. Cette maison japonaise est jolie, le petit pont qui enjambe le ruisseau est charmant – mais ça devient stupide. Zizi, toi, lui et Kadiatou n'allez pas pouvoir vivre tous là-dedans. Nous en parlerons cet été.

J'arriverai samedi, par le train de 13h08, à la gare de Sente-la-Jolie. Attendez-moi au pied de la passerelle, près du parking.

Martin-Béguin

7

C'était à prévoir : Ursula ne plaît à personne, sauf à Béguin. Et à Kadiatou aussi. Qui sourit avec indulgence à peu près à tout ce que je fais, tout ce que je dis, tout ce que je ramène.

Comme ses parents sont en déplacement sur un chantier, Urs est venue avec moi à la maison dimanche dernier. Il faisait beau ; on a tous mangé dehors, près du ruisseau. Dès la fin du repas, elle s'est éloignée de quelques mètres et a fumé en béquillant près du potager. Ferment était un peu choqué et Kadiatou lui a demandé si vraiment, vraiment, il n'avait jamais vu une jeune femme fumer.

Chiffon, quant à lui, évite absolument de lui parler, de la regarder. C'est tellement grotesque que c'en est touchant. Quant à mes amis du collège, Éva la première, ils ne supportent pas sa présence. Ils se moquent de son accent, de ses manières de garçon. Ils sont mal à l'aise, je les comprends. Urs a quelque chose de si singulier – et elle se fiche complètement de ce qu'on pense d'elle.

Et moi, lorsque je suis à ses côtés, je me sens… bien, tout simplement. Je ne sais pas trop ce que je représente pour elle. Une compagnie dans une maison de rééducation ? Une amitié nouvelle ? Une petite sœur ? Béguin l'a cherchée sur ce terrain, en lui demandant si elle comptait partager longtemps ma sauvegarde avec Chiffon et lui. Urs a répondu : « Ambre-Iseline est un butin, matelot. Pas un monument en péril. » Béguin est resté bouche bée un instant, puis il lui a tapé une cigarette, avant de nous ramener en allant lui aussi prendre son train. « On se revoit à la prochaine permission ? » a-t-il demandé devant la maison de rééducation. « C'est ça, a dit Urs. À moins que d'ici là, Zizi et moi on soit sorties de prison. »

Puis elle m'a prise par l'épaule – celle où il me reste un bras. L'autre était nichée au creux de son aisselle. En rentrant dans ma chambre, j'ai senti l'odeur d'Urs sur moi. C'était doux, enivrant. Son parfum musqué, son parfum de garçon manqué – avec la chaleur de ce dimanche, mon bandage en était tout imprégné.

Cette nuit-là, pour la première fois, les rêves sont revenus.

8

Pour un peu, je ne disais rien à Chiffon. Rien des images précipitées en paysages, une nuit après l'autre. Pas parce que je voulais forcément les garder pour moi, non… Plutôt parce que je n'ai pas compris tout de suite que c'étaient les rêves revenus.

Il faut dire que dès mon réveil, ces jours-là, j'étais assaillie d'autres visions, d'autres envies. Sans savoir d'où venaient de telles pensées, je roulais Urs avec moi dans un terrier. C'était noir, ça sentait la tourbe et les cailloux. C'était chaud, aussi ; et ça grognait. Bon. Je ne me suis pas affolée. Même si c'était parfois comme un mal de ventre ou une nausée, quelque chose, là-dedans, me plaisait.

Et j'y revenais sans cesse malgré moi, les yeux fermés, sans trop comprendre ce qu'il m'arrivait.

Par contraste, les images de la nuit étaient claires, très lisibles. Il s'agissait de grandes étendues en plaine, souvent gelées ou enneigées, se finissant immanquablement sur un rivage blanc. Une langue de terre s'avançait dans la mer – ou alors c'était une berge entre deux lacs. En tout cas, d'où que je vienne, quelle que soit la saison de ma déambulation, je finissais toujours là, devant cette étendue d'eau, la bande de terre déroulée devant moi – comme un chemin plus ou moins immergé, plus ou moins renflé sur la glace.

Une nuit après l'autre, ça se construisait, se structurait de mieux en mieux, jusqu'à ce qu'une brume blanche apparaisse. Bizarrement, c'est cette perte de netteté qui m'a fait comprendre que ces images étaient celles d'un rêve. De cette brume, n'importe quoi pouvait émerger. J'en avais l'intuition.

Alors, lorsque Chiffon m'a demandé un après-midi si à nouveau je rêvais – sans trop y croire certainement, vu le ton détaché qu'il se donnait – j'ai pu lui répondre que, oui, les rêves étaient revenus. Ses yeux se sont allumés. Il voulait en savoir plus.

J'ai d'abord évoqué la brume blanche et il a eu l'air découragé ; mais lorsque j'ai remonté le tableau à l'envers, jusqu'aux vastes plaines, il a souri. Enfin, enfin quelque chose se dessinait ! Je voyais le paysage se former dans ses yeux. Je sentais ses mains frissonner du désir de le tracer. Je l'ai arrêté d'un murmure : « Ne t'emballe pas, Chiffon… Ce paysage est muet.

— C'est pas grave, Zizi… Dis-m'en plus quand même. »

Par la suite, à chacune de ses visites, nous avons décortiqué ce rêve qui revenait, se déployait sans cesse. Méthodiquement, Chiffon m'a posé des questions précises sur la luminosité, les reliefs alentour et leur orientation, l'heure des marées et les différentes saisons.

Évidemment, ça n'a rien donné.

« Ce n'est qu'un rêve, Chiffon.

— Oui, mais il est beau, Zizi… Comme toi. »

9

Urs va mieux ; elle est d'aplomb, et quitte la maison de rééducation demain.

Sur la terrasse, dans la nuit, elle fume et me tient par mon épaule valide. Je sens l'autre sous la chaleur de son bras, ainsi que nous nous sommes tenues si souvent ces derniers temps.

« Tu sais, Ambre-Iseline, je ne connais personne comme toi. Et il ne te manque pas grand-chose pour être un vrai bout de femme…

— Tu parles de mon bras ?

— Ah non, s'il te plaît ! je sais qu'ils vont te coller une prothèse en latex, là… Mets-la pour leur faire plaisir si tu veux, mais tu sais comme moi que tu n'as pas besoin de ça. »

Urs passe son bras dans mon dos. Vigoureusement, elle me caresse l'échine et me tire les cheveux vers l'arrière.

« Et je ne suis pas sûre que tu devrais les laisser continuer de t'appeler Zizi. D'où ça vient, ce diminutif? De ta mère?

— Non, c'est Chiffon, je crois. Quand je suis née, il a dit : oh! son zizi, il est cassé! Ma mère, ça l'a énervée et elle a expliqué que non... Que Béguin et lui avaient un zizi totem, moi un zizi cabane. C'est resté.

— Oui, donc c'est ta mère, quoi... Dans ce cas-là, dis-leur de t'appeler Cabane, ça fera moins con. »

Je ne crois pas qu'Urs ait fait exprès. Je lui fais remarquer le jeu de mots sur « con ». Elle ricane, tout en serrant très fort ma taille : « Y a pas de hasard, Cabane! »

On promet de se revoir. Je crois qu'Urs a deviné qu'elle va me manquer, que chaque matin je la roule dans le noir. Elle me dit : « T'inquiète pas, cabane... Un ours, ça se perd pas comme ça. »

10

C'est Noël et Ferment a loué un grand chalet à la montagne.

Béguin est en permission pour quinze jours, avec une envie féroce de faire du ski. Sur la terrasse, Chiffon râle devant les lignes de pylônes et les remontées mécaniques : « Comme si on ne pouvait pas profiter de la montagne avec nos seuls membres...

— ... même amochés. »

C'est Urs qui a précisé. Chiffon est confus : « Ce n'est pas ce que je voulais dire, pardon !

— Rhhaaa, Paul… Je te cherche et c'est si facile de te trouver ! » rit-elle.

Chiffon rentre dans le chalet, toujours aussi perturbé.

« Alors ? Ton latex ? demande Urs.

— Je ne le mets pas beaucoup… je ne peux rien faire avec.

— Ben oui. C'est les poupées qui ont ça. T'es un peu plus musclée, toi. »

La journée, à cause de son genou, Urs ne peut pas faire de ski, alors elle se promène dans les forêts de sapins, tandis que je fais de la descente avec Béguin et Chiffon. Eux et moi, sur les télésièges, on chante, on se taquine, on discute.

Béguin est dense maintenant. Carrément athlétique. Il m'interdit de fumer avec Urs et crache sa grosse haleine entre ses gants. « Si tu cours ou nages assez fort, tu pourras même fumer avec ton corps, Zizi. » Puis il demande à Chiffon s'il a une copine. Chiffon soupire : « Je ne suis pas à l'aise avec ça, tu le sais…

— Tu devrais te décoincer… Regarde, Zizi, elle a pas de complexes, avec son ours ! »

Chiffon comme moi, on laisse ça planer, comme une blague. Il est lourd, parfois, Béguin, mais on l'aime comme il est. Dans le silence des cimes, le vent siffle à nos oreilles en même temps que les poulies – lorsque, très progressivement, le télésiège s'arrête. Balancés l'un contre l'autre, on attend que ça reparte, en contemplant la danse de quelques minuscules flocons.

Quand le câble se remet en mouvement, notre frère se confie enfin : « Vous savez, j'ai fait ma première descente en sous-marin… » Chiffon m'avait déjà raconté le rêve de Béguin, où il avait craint de rester au fond. « Eh bien, il y avait tellement de consignes à respecter que je n'ai eu le temps de penser à rien ! Il y a juste eu ce moment, en plongée stationnaire, où j'ai eu un drôle de sentiment. » Chiffon et moi, on se tait, on attend. « Odile en transparence, dans le plancton d'un projecteur… » Chiffon et moi ne disons toujours rien. En haut de la pente, le soleil surgit et nous éblouit. On lève nos fesses du télésiège, on entame ensemble la dernière descente, avant de rentrer au chalet.

11

Ferment a préparé seul le repas du réveillon, tandis que Kadiatou et Urs sont allées chercher Jeanne, Michel et Guiba à la gare. À présent, nous sommes tous à table. Ferment a prévu une triple fondue de Noël : fromage en entrée avec du vin blanc, viande en plat avec du vin rouge et fruits au chocolat en dessert avec du champagne ! C'est vraiment n'importe quoi. Guiba crie au scandale – en riant.

C'est la première fois que Jeanne rencontre Urs et je suis étonnée de les voir si complices. Elles enchaînent les blagues aux dépens de tout le monde. Tata a un coup dans le nez, je pense…

Les cadeaux sont une nouvelle séance de réjouissances, Guiba et Michel ayant hérité chacun d'un bonnet tricoté par Kadiatou. Elle sourit aussi, mais je la sens légèrement inquiète. Je comprends quand Ferment ouvre son paquet et qu'il s'agit, aussi, d'un bonnet. « On est à la montagne, s'excuse-t-elle. J'ai peur que vous ayez froid aux oreilles… » Ferment l'enlace tendrement, en murmurant : « Mon Kadiatou… »

Et là, je ne sais pas ce qui lui prend, Chiffon intervient : « Il en faut aussi un pour Zizi, car bientôt, elle ira en Alaska. » Je bondis, lui demande d'expliquer cette embardée. « J'ai fait le point, Zizi. Et l'endroit dont tu rêves, je l'ai relevé sur la carte. C'est au nord d'un grand détroit. » Ferment demande ce que c'est que cette histoire. Moi, je reste muette. Mais Chiffon est lancé, et se met à énumérer des latitudes polaires. Tout le temps du café et de la tisane, il déroule des paysages de banquise et de toundra, enthousiaste. J'ai envie de l'étrangler. Urs, pour la première fois, ne le charrie pas.

Ferment est nerveux, soudain, et se met à railler le Grand Nord. « Qu'est-ce qu'il y a, là-bas ? Des manchots ? Des ours polaires ? » Jeanne lui met un coup de coude, Urs ne laisse pas passer : « Des manchotes, Ferment… des petites femelles qui dansent. » Chiffon n'entend pas et continue son cours de géographie. « Ça va, ça va, bougonne Ferment. On connaît, te fatigue pas. Les glaciers, le soleil de minuit et les aurores boréales… Foutaises ! »

Personne ne comprend pourquoi Ferment se met dans cet état. Quand d'un coup me revient cette collection de revues, dans le placard d'Odile, au pied de leur lit. Après sa disparition, Ferment les avait descendues à la chaufferie. Et elles ont fait partie des premières choses endommagées par l'eau dans la maison. Toute une collection de catalogues d'expéditions touristiques en montagne et vers les pôles ; des croisières en bateau aussi. Odile les feuilletait, le soir, pour se détendre. Je m'en souviens maintenant. C'était forcément avant que je me sauve du lit à barreaux. Juste avant – je les ai retrouvées plus tard, quand on a dû les jeter parce que les pages étaient collées, gondolées par l'humidité.

Apaisé par les caresses et les mots tendres de Kadiatou, Ferment va chercher les liqueurs et les chocolats. Tandis que je gronde Chiffon toujours exalté par sa découverte, les autres changent de sujet. Seul Michel continue de monologuer sur les aurores polaires : leur origine solaire, ce vent de particules chargées rencontrant notre atmosphère et se déployant selon le champ magnétique de la Terre…

Éteint, Béguin devait quand même l'écouter d'une oreille, car subitement, très ivre, il se met debout sur la banquette. Tourné vers la baie vitrée, il décrit, en les scandant, d'immenses luminescences vertes et violettes, flottant au-dessus des montagnes comme une armada de voiliers prêts à nous aborder, là, dans le chalet.

Au début, je crois qu'il se moque de moi, des visions rapportées par Chiffon. Puis au bout d'un moment, je comprends qu'il les voit vraiment. Car dans la nuit claire, oui, c'est vrai, la lumière de la lune fait des reflets violets sur les cimes enneigées. Certaines pentes sont bleues, d'autres légèrement vertes. C'est une mer que nous avons devant nous – une mer ouverte et généreuse. Qui nous appelle sur chacune de ses vagues, au fond de chacun de ses creux. Et qui, nocturne et lumineuse, chuchote quelque chose à nos yeux.

Derrière nous, Michel marmonne, cherchant une explication au phénomène. Compulsant dans sa tête les cycles de Schwabe, énumérant des périodes de onze ans recoupées par des maxima de Wolf combinées aux latitudes alpines, il conclut à l'impossibilité d'un tel orage magnétique… Les basses températures d'une nuit de Noël seraient-elles propices à une inversion du champ solaire ? Une telle hypothèse est stupide et le met en rogne… « Calme-toi, lui dit Jeanne. Et fais comme tout le monde : profite du spectacle. » Même Guiba a cessé de rire. Il arbore simplement un immense sourire. Son visage, comme celui de Kadiatou, a pris une teinte mordorée – tandis que nous sommes, nous autres, un peu verdâtres...

Des aurores boréales ont-elles véritablement caressé la cime des Alpes cette nuit-là ? Nous n'en gardons pas tous le même souvenir. Au matin, tante Jeanne réprimande notre épisode de grande beuverie tandis que Michel s'essaie toujours à des calculs astronomiques ; Ferment affirme qu'on a assisté au plus tarte des son et lumière de station ; Guiba admet que sa sagesse tient en grande partie à son ignorance ; et Kadiatou, enfin, plus proche de nous, garde silencieusement en elle la beauté de ce moment-là.

Moi, une image me revient en boucle : Béguin, le dernier d'entre nous encore debout, hurlant soudain : « Gaaaaaarde à vous ! Chaaaaauuuu-ffffffez le vent ! » Immédiatement après, il a gémi

« Maman… » en s'effondrant. Sa main a alors heurté la vitre, brisant très doucement le reflet de mon corps – auquel Urs était accrochée.

LUMIÈRES

1

Hans me tient dans ses bras, et c'est comme si je n'étais rien. Comme si je ne pesais pas.

Nous marchons – ou plutôt il marche – sur cette toundra que nous avons rejointe d'un même élan.

Nous l'habitons ensemble, à l'arrière de cette anse, au nord du grand détroit. Ensemble aussi, nous avons choisi la saison. Juin – à l'approche du grand jour, celui qui dure plusieurs semaines.

Hans a dit le premier, l'année dernière : « Aux abords du cercle polaire, les rayons du soleil frappent la Terre différemment, la lumière y est d'une autre nature. » Même si je le savais de la bouche d'autres personnes, le fait qu'il le dise lui, qu'il l'énonce clairement pour moi, m'en a donné un désir plus fort. J'avais soudain l'impression que cette lumière allait, à lui, redonner la vue et, à moi, un corps plus fort. Encore plus fort, je veux dire.

Je venais tout juste de recevoir ma prothèse fonctionnelle.

Ce bras articulé qui bouge comme un outil plutôt que comme un membre, et avec lequel je retrouve, au besoin, des gestes précis. Lorsque je n'ai pas besoin de minutie, je peux l'enlever, retrouver ce rien à partir duquel je me construis.

Hans était dans le même hôpital, en attente d'une greffe. Une greffe de la cornée – après un accident de dressage. Hans est fauconnier. Un rapace effrayé s'était jeté à son visage et avait planté ses serres sur son crâne, qui de là avaient glissé sur ses yeux, perforant la cornée d'un côté, introduisant un petit caillou dans l'autre. Il ne reste plus à Hans qu'un léger filtre de lumière dans un œil ; l'autre est aveugle.

Depuis, Hans, qui aujourd'hui me porte dans ses bras sur la toundra, vit dans un monde fait à moitié d'obscurité, à moitié de lumière faible et irisée. La première tentative de greffe a échoué. Peu après notre rencontre, il a décidé qu'il ne se soumettrait pas à un deuxième essai. « Ce n'est pas la peine, disait-il. On vit autant de ses manques que de ses capacités. Et je sais dresser les oiseaux à la voix. »

Hans est un peu plus âgé que moi. Pas tellement. Enfin si, quand même. Sept ans. À notre âge, c'est beaucoup. Je suis perçue comme une adolescente et lui comme un adulte. C'est à peu près la même différence d'âge qu'entre Béguin et moi. On pourrait croire qu'eux ont déjà un parcours, un travail, et que je suis moi encore en mutation. Zizi mutante. Ça m'amuse…

Ça m'amuse, parce que même si je n'ai jamais dressé d'animaux sauvages, même si je n'ai pas plongé dans la mer en sous-marin, j'ai en revanche fait de longs voyages intérieurs. Des voyages pleins de silences et de visions indicibles, de lumières et d'obscurités. Des visions où la réalité était déformée, où les rêves n'avaient plus de sens.

Ça venait comme en renfort aux sensations d'engloutissement que j'avais connues lorsque, autour de Laguerre, juste après la mort de Marcel, tout n'était que froid et gouffres emplis d'eau mêlée à la terre.

Et curieusement, la sensation de vide et de vertige était bien plus importante alors, bien plus aiguë qu'après l'amputation ; bien plus forte qu'au seuil de l'avion pour tracer une diagonale sur la Terre, avec Hans, ce garçon que, finalement, je connais à peine.

Je sens maintenant que le vrai risque, pour moi, aurait été de rester sur place. De veiller sur la parcelle de Laguerre et sur le souvenir d'Odile, comme le fait encore mon père.

Évidemment, au début, à la maison, ils n'ont pas voulu y croire, à ce départ pour l'Alaska. Je me souviens comme ils m'ont harcelée de questions – tous. *Zizi, qu'est-ce que tu vas faire là-bas ? Zizi, pourquoi tu pars ? Dans ton état, tu n'y penses pas !* Mon état ? Quel état ? Ah oui : manchote. Celle à qui il manque un bras.

Mais pour moi, ça faisait déjà deux ans. Et la pose de la prothèse fonctionnelle était comme une invitation à dépasser tout ça : l'absence de mots, l'absence d'amour, la perte de mémoire.

Car oui, je le sais maintenant, je le comprends : j'ai été privée de mémoire. Depuis le temps qu'Odile est partie, qu'elle est certainement morte quelque part sans qu'on ait jamais su où ni comment, ma mémoire d'enfant a disparu. Je vois bien que Chiffon et Béguin se souviennent encore d'elle, et qu'ils souffrent de son absence. De son absence humaine, je veux dire.

Mais nous savons tous qu'elle est là – sous chacun de nos pas. Et qu'elle nous meut encore, à sa façon. Même si, pour l'amour charnel, on doit se débrouiller sans elle. Elle ne sera jamais plus un parfum, un regard, pour personne. Ferment aussi, je pense, a oublié son odeur. Il respire Kadiatou désormais – et c'est sans doute ce qui le sauvera. Je le leur souhaite du moins, à lui comme à elle.

Car j'aime Kadiatou. Elle a veillé sur mon sommeil et mes visions. Elle n'a jamais rien dit de mes sursauts, de mes larmes ni de mes cris à l'hôpital, quand tout le monde croyait que j'étais tranquille et pleine. Elle a contenu de ses mains mes saccades, mes spasmes et le délire verbal qui m'a pris une fois, dans la nuit, quand j'ai compris qu'Odile ne reviendrait pas. Même en rêve. Même en pensée. Même en caresses. Surtout pas en caresses. Celles dont mon corps se souvient sans doute, mais pas moi.

À cet égard, je trouve ça curieux, l'amour d'une mère. C'est quelque chose qui vous contient tout entier, durant neuf mois – puis qui vous lâche. Pas le choix – ni pour elle, ni pour vous. Ensuite, c'est du soin constant, puis du souci. De la joie aussi – enfin, j'imagine… Puis un jour, plus rien. Je veux dire : l'un des deux corps disparaît, le regard par lequel on était sans doute attaché l'une à l'autre, la mère et l'enfant, n'a plus lieu d'être, plus rien à quoi s'accrocher. C'est l'espace qui s'ouvre à la place – tout entier. C'est une libération peut-être.

Je n'en sais rien, en fait.

Une fois, j'ai demandé à Hans comment elle était, sa mère. « Elle n'est pas morte, tu sais. » J'étais presque surprise. Comme il n'en avait jamais parlé, je m'étais sûrement imaginé qu'il n'en avait plus. Mais si. Hans a une mère. Qui habite à la montagne. Qui approche de la retraite. Et ne fait pas d'histoires. « Et tu l'aimes ? » je lui ai demandé. « Ben… oui. C'est ma mère, quoi. » Cette évidence m'a fait mal. Pour la première fois, j'ai eu mal à quelque chose que je n'avais pas. Je m'en suis voulu, parce que je ne m'étais pas méfiée. Je ne m'étais pas méfiée de Hans. Qui n'y voit plus.

C'était au début, peu après notre rencontre à l'hôpital.

Plus tard, ici en Alaska, on en a reparlé. Et je lui ai dit combien je me sentais monstrueuse d'avoir oublié ma mère. En quelques années. Parce que je sais qu'au début, je me souvenais d'elle. Que je me souvenais de tout. La maison, sa voix, nos histoires. Puis, un jour, j'ai douté. J'ai douté de mes souvenirs. Béguin et Chiffon aimaient tant, parfois, parler du temps passé qu'ils m'ont inculqué leurs souvenirs, leurs images. Ferment aussi. Jeanne également. À ma mémoire s'est substituée la leur – celle des paroles, des anecdotes rabâchées, des légendes intimes auxquelles on s'accroche comme à un radeau.

Maintenant, je ne sais plus faire le tri entre ce qu'ils racontaient et ce dont je me souviens. Une mythologie familiale s'est construite, qui appartient à tous. Nous avons inventé un récit, nous avons formé un témoignage commun – dont chacun a en lui des variantes, c'est certain. Mais moi, je suis la seule à ne pas avoir de socle intime, à ne pas avoir connu Odile. Comme Marcel en son temps – et il est mort, maintenant, lui aussi.

Hans dit que ce n'est pas vrai. Qu'il reste forcément quelque chose d'elle en moi. Et de puissant encore, vu le corps qui est le mien. Je lui réponds que ça n'a rien à voir. Et il répond : « Si, ça a tout à voir. »

Il continue à me porter, là, à travers la toundra. Simplement parce que j'ai enfoncé ma chaussure dans un marais, et qu'elle y est restée.

« Tu ne pèses rien, dit-il.

— Alors, tu vois ?

— Je vois quoi ?

— Que je n'ai pas le physique que tu dis…

— Zizi, je ne parle pas de ton poids… jamais. Je parle d'autre chose. Je parle de tes os qui résistent, de tes articulations qui craquent. Je parle de ta peau dorée, de tes oreilles froides. »

Souvent, et plus encore quand on fait l'amour, Hans délire un peu. Il parle beaucoup. Il dit sans difficulté ce qui lui passe par la tête, et c'est souvent n'importe quoi. Ça me plaît. Ça me berce ; je ne pense plus à moi. J'oublie qu'on est loin. Ou mieux : je pense qu'on ne retournera plus là-bas. Jamais. Et c'est très bien.

2

« *Ladies and gentlemen*, revoici Cabane ! Et sa monture aveugle… »

Urs est arrivée au camp la semaine passée. Elle nous a rejoints dans le programme. Nous sommes sept, désormais, sur cette partie du territoire, à compter les oies sauvages et d'autres oiseaux migrateurs pour les besoins scientifiques du parc national. Il y a ailleurs, à un ou deux jours de marche, d'autres équipes qui s'occupent des caribous, des castors et des colonies d'oiseaux arctiques. Pour les loups et les ours, un groupe est déployé plus au nord.

Notre camp compte donc maintenant Helen et Peter, Ben et Myrrhe, Lorenzo, Urs, Hans et moi. Avec Myrrhe, nous sommes les plus jeunes. Elle joue très bien de la guitare. Ben est le plus vieux, c'est son compagnon et il est poète. Il le dit comme ça : « *I am a poet.* » Il rit, et on le croit. Il a trente ans, mais déjà le cheveu blanc et fou. Il le répète d'ailleurs, depuis que je lui ai appris les mots français : « J'ai le cheveu blanc et fou. » Puis il court, comme à cheval.

Helen et Peter sont en couple eux aussi. Ils sont très discrets. Peter a toujours l'air un peu étonné d'être là – surtout le matin. Le soir, il lui arrive d'avoir l'air mélancolique, et alors Helen s'inquiète. Ils sont l'un pour l'autre d'une attention constante et calme. Pourtant, quelque chose brûle en eux, je le sens. Je pense même qu'Helen se consume la nuit, car quand elle regarde la végétation d'ici, je vois en elle de grandes forêts en flammes. Je devine que si on la laissait faire, Helen pourrait tout dévaster. Avec délicatesse, mais quand même. Et finalement, chaque matin, c'est la folie douce de Peter qui l'apaise.

Lorenzo est pour moi le plus mystérieux. Je ne vois en lui que des lacs ensoleillés à la surface miroitante. J'y perçois le reflet de Hans, Urs et moi tout au bord. Ces deux-là, que j'aime, sont agrippés à chacun de mes flancs, aiguillons tout autant qu'étais. Et nous avançons ainsi, autour du lac Lorenzo.

Ces visions de nos compagnons de camp, je les ai et les formule parce que souvent, Hans me demande : qu'est-ce que tu vois ? Durant la journée, à l'extérieur, c'est facile, je n'ai qu'à décrire ce qui s'offre à mes yeux : des troupeaux d'oies en vol, des colonies de mergules, de la toundra sombre ou dorée à perte de vue.

La nuit, dans la cabane que l'on partage, c'est différent. Je ne peux pas toujours lui parler des rondins de bois et du chauffage au gaz. Alors je ferme les paupières, et je lui décris la suite d'images qui m'apparaissent. Et très souvent, il s'agit d'une vision étrange de nos amis, comme celles que je viens de dire. De jour en jour, de nuit en nuit, je les vois évoluer, je vois leurs secrets se dissiper, comme s'ils imprimaient chaque jour leur caractère sur mes pupilles. Je trouve beaucoup de paix à regarder ainsi les autres vivre.

Hans, lui, se livre à un autre genre d'exercice. Depuis la semi-obscurité dans laquelle il vit, il explore mon corps comme un territoire vierge. Il le fait tout autant la nuit que le jour, avec ou sans moi. Parfois, comme une remarque qu'il se ferait à lui-même, il affirme qu'il n'a jamais éprouvé un corps comme le mien. Moi, je me demande surtout s'il a déjà eu une copine depuis qu'il est aveugle.

Tandis que je compte les oies qu'il ne voit pas – mais il les écoute, et c'est lui qui appuie sur notre petit compteur mécanique – il décrit des champs, des plaines et des bois. Des rivières et des cascades aussi. Et il dit que tout ça, c'est moi. Il dit qu'il n'a jamais autant eu envie de courir, d'embrasser un territoire. Il dit qu'il me prend par monts et par vaux, par chemins et par collines. Et souvent, oui, nos corps se rencontrent. Hans me prend dans ses bras et me soulève comme si je n'étais rien. Avec ses mains, il reconstitue mon bras, l'enveloppe, l'avale au besoin. Il lape mon corps comme s'il était un chien assoiffé et moi sa gamelle. On fait des bruits de bois qui cogne et de vaisselle. Parfois, c'est un peu plus violent que ça, et je crie, avant de rire de nos bruits d'animaux et de ferraille.

Hans ne me veut pas de mal. Il me le dit souvent. Il pense même qu'il m'aime. Moi, j'affirme que je ne le quitterai jamais. Il dit que ce n'est pas vrai… que les filles finissent toujours par partir. Surtout celles comme moi – qui ne pèsent rien. Elles s'envolent parce qu'elles sont élastiques – et il aime ça.

3

Cette fois, on y est. À partir d'aujourd'hui, le soleil ne se couchera pas, le jour ne prendra pas fin. Durant douze jours exactement, le disque solaire ne touchera pas le sol. Il s'en approchera, il caressera l'horizon, mais jamais ne le mordra. Nous aurons sous les yeux sa lumière rasante et exténuante, qui ne s'éteint pas, ne se repose jamais.

Sam, le chef du programme, a prévu pour cette occasion une réunion de toutes les équipes, en un endroit que l'on appelle la Griffe-du-Loup. C'est un tout petit mont, dressé comme une virgule dans la toundra – pente douce d'un côté, décrochement rocheux de l'autre.

Nous sommes une quarantaine en tout et Sam nous explique que ses ancêtres se réunissaient souvent ici au solstice, à bonne distance de la rivière là-bas. « Pourquoi à bonne distance ? » je demande. Hans ne sait pas. Comme je ne parle pas bien anglais, j'ai toujours l'impression que quelque chose m'échappe.

Un grand bivouac est établi et nous faisons connaissance avec les autres groupes. Ceux du caribou sont sept, comme nous. Il y a Dorothy, Eric, Laury-Ann, Julia, Brian, Fabio, Alex. Ils parlent aussi d'une Celia, qui n'est pas venue, qui est restée au campement là-bas – un veilleur par équipe, sauf pour nous, qui sommes les moins éloignés de notre base. C'est à ceux du caribou que je demande encore pourquoi Sam a dit « à bonne distance de la rivière là-bas ». Ils ne savent pas et nous emmènent plutôt fumer de l'herbe, Urs et moi.

Nous marchons en direction de la rivière et du champ de dunes qui se dresse à son abord. Nous grimpons tous ensemble jusqu'à avoir la Griffe-du-Loup en ligne de mire. À nos pieds se déploient de larges méandres et quelques îles de sable. Un peu au-delà, je vois un lac. À vrai dire, je ne sais pas si c'est vraiment un lac, un méandre ensablé ou une résurgence de la rivière. Je demande encore ce qu'il se passe là-bas. « Mais rien ! s'amuse Eric. Qu'est-ce que t'as, toi ? » Et il me colle une tendre bourrade, en me passant le joint. Je fume, et dans le crépitement d'étincelles qui jaillit à quelques centimètres de mes lèvres, je me souviens soudain : ce lac a la même teinte qu'un que je connais. Que, du moins, j'ai vu en rêve.

Comme elle trouve que je m'endors sur le petit rouleau d'herbe, Alex me saisit la main pour s'en emparer. Urs se sent obligée de dire : « T'as de la chance qu'elle le tienne de ce côté-là, parce que de l'autre main, elle ne lâche rien. » Laury-Ann demande ce qui est arrivé à mon bras. « Lent pourrissement, je dis, après un accident. » Ils prennent l'air embêté qui convient. Dorothy demande, comme beaucoup de gens, ce qu'il reste de sensations de l'ancien membre. « Pas grand-chose », je dis. Puis après avoir réfléchi quelques secondes, j'ajoute : « Finalement, c'est un peu comme s'il s'était détaché, pour repousser autrement. En français, on dit que je suis *appareillée*… comme les navires. » Je ne suis pas sûre qu'ils m'écoutent encore, ni qu'ils comprennent ce que je dis dans mon mauvais anglais. Mais il y a quelque chose d'enveloppant dans le fait d'être ensemble tout en haut de cette dune. Le joint continue de tourner, les discussions roulent autour des comptages d'animaux que l'on fait.

Lorsque nous redescendons, nous ne savons pas exactement combien de temps s'est écoulé, ni l'heure qu'il est. Cela n'a aucune importance, puisque pendant onze jours encore, le soleil ne va pas se coucher. Nous partageons un repas de viandes grillées et de baies. Sam évoque encore les anciennes traditions de son peuple, les Inupiaq. Lorsque les groupes nomades se retrouvaient ainsi sur la toundra, ils se livraient à de nombreux jeux, dont pas mal d'épreuves physiques et de chants. L'un de ces jeux consistait à se déplacer le plus loin possible en portant jusqu'à quatre camarades. L'autre à sauter le plus haut, en touchant avec son pied une balle suspendue à un pieu. Un autre encore à rouler des pierres sur une pente pour montrer sa force et son endurance.

Nous sommes essentiellement ici des jeunes gens – pleins d'énergie. Ben est très heureux de dire que Hans me porte souvent.

Qu'il pourrait sans doute se charger en plus de Myrrhe et peut-être d'Urs, et courir jusqu'à la rivière comme un lapin ! Helen et Peter disent que oui, très certainement. Qu'ils peuvent essayer d'écrire un chant pour ça – pour encourager Hans. Dans les autres groupes aussi, l'émulation prend et chacun organise une épreuve pour les autres.

Hans est assez fort pour porter une fille de plus que moi – qui sais m'accrocher à lui sans peser – mais pas deux. Chaque fois que nous essayons, Urs ou Myrrhe tombe d'un côté ou de l'autre. Il faut choisir. Ce sera Myrrhe. Nous voilà deux sur lui. Urs et Ben courront à côté pour donner des conseils d'équilibre, pour prévenir Hans des obstacles sous ses pieds.

L'épreuve est organisée sous l'arbitrage de Sam. Chaque groupe a un équipage plus ou moins gracieux. Nous ne gagnons pas parce que Ben n'est pas sérieux : il plaisante trop, il déconcentre Hans qui ploie sous le poids de nos rires, à Myrrhe et à moi. Nous finissons le menton dans l'herbe, bien avant la rivière. Myrrhe se relève, mais moi, je ne me détache pas de Hans. Je suis enroulée à lui comme une couleuvre.

Tout le monde s'éloigne, et nous restons là. Hans dit que, finalement, il aimerait ça, que je ne le quitte jamais. Que le contact de ma peau remplace avantageusement la lumière qui s'éteint désormais. « Mais la lumière ne s'éteint pas, Hans !

— Si... me dit-il. Dans mon œil droit. Et ça n'a pas d'importance, parce que tu es là, Cabane. »

Il serre mon bras, sans qu'en réalité, je sache lequel.

Puis on m'appelle pour l'épreuve suivante : apporter des pierres en haut de la Griffe-du-Loup sous l'égide de l'équipe des castors.

On veut que je participe, car Sam a dit : « Chez les Inupiaq, on fait concourir tout le monde, même les infirmes, parce que souvent, ce sont eux les plus tenaces. » Ma pierre est grosse, mais elle n'est pas très lourde. C'est une pierre tendre, une pierre à savon. Je la tiens contre moi, enveloppée de mon bras valide, verrouillée par ma prothèse. Je suis la seule à ne pas faire rouler la pierre au sol. J'ai le droit. J'arrive au sommet de la Griffe sans problème. Les règles ont changé sous l'influence des castors, qui n'ont aucune constance dans le jeu : désormais, celui qui gagnera sera celui dont la pierre roulera le plus vite jusqu'en bas. Nous lâchons nos pierres, dont beaucoup s'arrêtent en chemin. La mienne se dirige vers Hans, qu'on prévient juste à temps pour qu'il s'écarte. Il la ramasse ensuite et crie : « Je la reconnais, c'est celle de Zizi ! » Sam dit oui.

Plus tard, Hans me glisse qu'il l'a reconnue parce qu'elle était encore chaude. C'est comme ça, les pierres tendres : ça conserve longtemps la chaleur, ça se modèle facilement.

4

Après cette réunion du solstice, qui a duré quatre jours, nous sommes restés encore quatre semaines sur place, à compter les oies sauvages. Hans et moi sommes retournés une fois à la Griffe-du-Loup et je lui ai décrit longuement le lac qui m'intriguait.

Entre-temps, j'avais fini par avoir la réponse à la question que je me posais : autrefois, les Inupiaq se tenaient à bonne distance de la rivière parce qu'à la place de ce lac, justement, il y avait des marais.

Des marais dans lesquels une fois, trois enfants s'étaient enfoncés, disait-on. Leur mère était partie à leur recherche et s'était enfoncée elle aussi. En y allant à son tour, le père s'était méfié. Il s'était fait des raquettes avec des omoplates de caribou, mais l'un de ces os avait fini par flancher, le père avait été projeté dans les étoiles. Depuis, il chasse les caribous ailés que l'on voit au nord en hiver – en constellation. Et les jours de grand vent, en été, on entend encore les voix de la mère et des enfants errant toujours dans les marais. C'est du moins ce qu'on racontait autrefois et c'est pour ça que les Inupiaq n'approchaient pas. Voilà l'histoire que Sam m'a racontée.

Maintenant, avec la fonte du permafrost, les marais se sont transformés en lac dont la couleur est très bizarre. Sam dit que c'est à cause d'une bactérie libérée par les sols. Quand on y est retournés, j'ai raconté à Hans qu'à moi, cette couleur indéfinissable évoquait celle du lac qui, une nuit, m'avait engloutie en rêve tandis que mes deux frères suivaient la voix et la barque de notre mère. Et je lui ai raconté comment le paysage qu'on voit depuis le haut des dunes me rappelle celui de Laguerre. Enfin, deux d'entre elles seulement. Qui se font face.

J'ai emmené Hans dans ce pli précis de la terre. De là, le lac était, comme dans mon rêve, la seule issue possible. « Crois-tu que la lumière puisse émaner de l'eau, quand elle est rendue opaque par quelque chose ? »

Hans n'a pas répondu. À vrai dire, je ne sais pas s'il m'écoutait vraiment. On se parle si souvent… Pour toute réponse, il a glissé dans ma main un minuscule caillou jaune – que j'ai regardé attentivement. « C'est une pépite, j'ai dit doucement.

— Une petite, oui… Elle vient de la rivière, là-bas. »

Je n'ai jamais demandé à Hans s'il avait trouvé lui-même ce petit caillou brillant. D'émotion pourtant, j'ai fait un truc bizarre ce jour-là.

La pépite, sans réfléchir, je l'ai avalée. Hans ne m'a pas vue, évidemment – mais il ne me l'a jamais réclamée non plus. Il m'a juste demandé, en faisant encore l'amour dans les dunes peu après, si je voulais bien continuer d'être sa cabane. À cause du caillou qui venait de m'écorcher la gorge, je n'ai pas pu répondre, mais, serrées en O autour de lui, mes jambes ont dit oui.

Odile est morte –
depuis longtemps
évidemment

Qu'il est difficile cependant
de ne pas rire en entendant
le rire de ses enfants

Béguin est sous-marinier ;
il a trois garçons
nés d'une Aurélie
belle comme le jour

Quand il est en plongée,
il songe à eux, le cœur serré
et c'est ce qui chaque fois
le propulse à nouveau vers la lumière –
quand il pourrait plutôt avoir envie
de se tapir au fond de la mer…

Chiffon est géographe,
spécialisé en topographie
Il arpente des territoires
pour en faire des relevés

En secret, il donne à tout
d'impossibles noms
Dans sa tête, les plans se confondent
il voit la réalité et la décrit
ainsi que tout ce que le paysage lui dit
de reliefs, de tétons et de plis…

La terre qu'il arpente
lui raconte un tas d'histoires
qu'il tisse comme une trame
et qu'un jour peut-être il rassemblera
dans une liasse de feuilles volantes

Zizi quant à elle
parcourt le monde
à la poursuite de Hans
qui a accepté une opération
et retrouvé la vue

Il se sert de cette vision nouvelle et floue
pour dresser des oiseaux plus grands qu'avant

Lorsqu'il fait l'amour à Zizi
il retrouve la demi-nuit d'autrefois
qui lui paraît plus juste et plus précise

Ils n'ont pas d'enfants pour l'instant
et n'en auront sans doute jamais
car Zizi ne veut pas de maison
Elle le dit comme ça :
« Je ne suis cabane
que pour moi-même »
Et Hans la croit

Ferment et Kadiatou
ont acheté une petite ferme blanche
dans le Sud
Ils ont autour quelques arpents de vigne
que Ferment cultive
Ils boivent leur vin ensemble
ont de nouveaux amis

Jeanne et Michel viennent chaque été
Jeanne était un peu vieille
Michel un peu anxieux
mais ils ont finalement
une enfant ensemble –
une enfant du Cambodge
qu'on appelle Liem

La maison de Laguerre
a disparu sous terre
Elle n'est plus qu'un parc à fontaines
entretenu par la mairie

Les enfants jouent là
sans se douter
que l'âme d'un vieil homme
aux longues jambes
actionne les balançoires
et les jets d'eau

Sur leurs têtes
un vent léger
chante l'eau et les sentiers
la terre et les graviers –
tout ce qui ceint
la Terre-Mère
en train de tourner

À mes ami(e)s dont la mère est morte, à mes amies mères qui sont parties, aux nombreux pères partis – morts eux aussi –, à tous les orphelins d'aujourd'hui, et à ceux de demain, à celles et ceux également qui n'ont pas d'enfants et qui en ont pourtant – partout

À tous, ces paysages roulés, ces parentés réinventées, ces traits tracés comme des lignes de crêtes à escalader, pour trouver non l'éternité, mais la paix joyeuse que l'on ressent parfois à marcher sur les contreforts du mont-village où l'on est né(e)

Et à Isidore aussi, l'enfant dedans-dehors qui a accompagné la naissance et l'envol de Zizi

b. c.

TABLE DES MATIÈRES

Imprimé paisiblement par les imprimeries Corlet. N° imprimeur : 22050334

ISBN : 978-2-37055-331-7 | Dépôt légal : août 2022